徳間文庫

問答無用二

三《みつ》巴《どもえ》の剣

稲葉稔

徳間書店

目次

第一章　石川島

一

月は絹のような薄い雲に遮《さえぎ》られ、にじんだようにぼやけていた。

向島墨堤《ぼくてい》の桜並木は、すっかり葉桜となっている。

墨堤と三囲稲荷《みめぐりいなり》に近い場所に、花膳という料亭がある。花見の時期は夜遅くまで三味線や笛の音とともに、男女の華やいだ声が絶え間ないが、今は深い夜の闇《やみ》と同じようにひっそり静まっていた。

店の暖簾《のれん》はとうに下ろされていたが、戸口横の掛《か》け行灯《あんどん》にはあわい明かりがある。

しかし、その明かりも蠟燭《ろうそく》が絶え、ぽっと、消えてしまった。

寛政三（一七九一）年三月下旬のことである――。

花膳の主・久兵衛《きゅうべえ》がその夜、床に入ったのは、夜四つ（午後十時）の鐘が大川（隅田川）を渡ったころであった。

久兵衛は枕許の行灯を消す前に、いつものように腹這《はらば》いになって煙管《きせる》に火をつけた。一日の疲れを癒し、これから熟睡するための儀式のようなものだった。

吐き出す紫煙が行灯の明かりに浮かび、まるで流れる雲のように見えた。どこかで夜鴉《よがらす》が鳴いている。風もない静かな夜だ。

女房と使用人たちも寝てしまったのか、物音ひとつしなかった。

久兵衛は煙草を喫《の》み終えると、灰吹きに雁首《がんくび》を打ちつけて灰を落とした。それから仰向けになって、布団を肩まで引っ張り、今日も無事に終わったという安堵《あんど》の吐息をついて目をつむった。

「ぎゃっ」

表でそんな声がしたのは、すぐだった。

久兵衛はかっと目を開けて、何だろうと暗い天井を凝視し、耳をすました。声はもうしなかった。

空耳だったか……。

ふうと、ため息をついて再び目を閉じたが、今度は屋内に響き渡る大きな音がした。

九兵衛は、びくっと目を開けるなり、布団をはねのけ半身を起こした。

きゃあー、という女の悲鳴がした。つづいて、荒々しい足音が重なった。障子や襖《ふすま》が破られ、倒れる音もした。

「いったい何事だ?」

襟をかき合わせると、立ちあがって寝間の襖を開けた。そのとたん、信じられないように目を剝《む》いた。座敷に料理人の伝助《でんすけ》が血を流して倒れていた。そばには血まみれの刀を持った、見も知らぬ男が立っており、久兵衛に剣呑《けんのん》な目を向けてきた。

「金はどこだ?」

男はずかずかと近づいてくる。

久兵衛は蛇ににらまれた蛙《かえる》のように身動きできなかった。

ばさっと、一方の障子が倒れ、胸を斬《き》られた自分の女房が目の前に転がった。さらにその奥では、男二人に羽交い締めにされた住み込みの仲居が、寝間着をむしり取られ、半裸になっていた。手拭《てぬぐ》いで猿ぐつわされた仲居は、低い声を漏らしながら、体をよじり、苦悶《くもん》の表情をしていた。

ひとりの男が帳場を荒らし回っていた。奥の奉公人部屋では悲鳴があがっていた。

昼間ならともかく夜ともなれば、花膳の近くの人通りは絶える。一番近い民家でも、二町はある。大きな声を出してもこの騒ぎを知るものはいない。

棒を呑んだように突っ立っていた久兵衛の襟が、ぐいと男につかまれた。

「金だ。どこにある?」

凶悪な男の顔が近づけられて、久兵衛の全身にいいようのない恐怖が走った。

「こ、殺さないでください」

「金だ」

男はどすのきいた声ですごみを利かせ、襟首を強く締めた。久兵衛は息苦しさを覚えた。

「いえ、どこだ?」

「あ、あ……あっ……」

失禁してしまった。

「金蔵はどこだ? いわねえか」

今度は喉《のど》に刀の刃をあてられた。久兵衛はがたがた膝《ひざ》をふるわせながら、拝むように両手を合わせた。

「こ、殺さないでくださいまし。か、金なら……」

「早くいわねえか」

「ひっ」

刀の刃が喉の皮膚に食い込んだので、久兵衛は目をつむった。

「か、金は……お、奥の土蔵に……そこが、金蔵に……」

恐怖のために喉が渇ききり、声がうまく出なかった。

「嘘《うそ》だったらおめえの命はねえと思え。案内しろ」

久兵衛は盗賊の意のままに金蔵に案内した。それは自分の寝間奥に造った小さな土蔵だった。錠前に差し込む鍵《かぎ》は手許が震えて思うようにいかなかった。

居間のほうで女のすすり泣きがしていた。痛い、痛いと叫び、助けを求める声もあった。

扉が軋《きし》んで開いた。

「お、お願いです。命だけは、ど、ど、どうか命だけは助けてください」

久兵衛は半分泣き顔で訴えたが、男は意にも介さず、土蔵に入ると金箱を開いて、振り返った。

「おめえは正直なやつだ」

ふふっと、その頰《ほお》に不気味な笑みが浮かんだかと思うや、その右手が素早く動いた。

久兵衛は自分の腹を見て、唖然《あぜん》となった。

刀が突き刺さっていた。殺されるのだという恐怖と同時に絶望感が湧《わ》いた。腹に刺さっていた刀が引き抜かれると、久兵衛は立っていることができなくなった。

「た、たす……」

久兵衛は片手で空を掻《か》きながら、ゆっくり頽《くずお》れて動かなくなった。

二

花膳の異変に最初に気づいたのは、同じ小梅村に住む百姓だった。朝靄《あさもや》が晴れ渡るころ家を出たその百姓は、三囲稲荷のまわりに咲きはじめた山吹を愛でながら、自分の田へ向かっていた。

このあたりは見渡すかぎりの田地である。墨堤の近くに行けば、茶店や料理屋はあるが、それも多くはない。その百姓は畦道《あぜみち》をつたって山吹をひと眺めすると、また草取りをしなければならない自分の田圃《たんぼ》に向かった。

野には鶯《うぐいす》の声が響き渡り、雲雀《ひばり》が田の一画から高い空に駆け上るように飛んでいった。

百姓は花膳という料亭の裏をまわりこんで、自分の田に行こうとしたが、脇道《わきみち》に人が倒れているのを見て、はてと、首をかしげて近づいた。

行き倒れか……。

男は三十半ばの小太りで、うつぶせの恰好《かっこう》で寝ていた。着ているものから町人だと思われた。

「これ、どうなすった？」

百姓は男の肩に手をかけて、体を揺すった。と、そのとき男の顔が横を向いて、うつろな目が見えた。百姓はギョッとなって、息を呑んだ。

「し、死んでるのか……」

声を漏らすと、後じさって尻餅《しりもち》をつきそうになった。それからは一目散に逃げるように駆けだし、村役人の家にすっ飛んでいった。

小梅村の役人の知らせを受けて、まっ先に駆けつけてきたのは、白木正右衛門《しらきまさえもん》という本所見廻り同心だった。本所・深川を専属で巡視するのが本所見廻り（略して本所方と呼ぶことが多い）であるが、橋や道路の普請の調査も同時にやっている。鯨船《くじらぶね》と称する早船二隻を管理しており、洪水や水難事故の場合は人命救助にもあたっていた。

「死体はそのままか？」

墨堤まで迎えにやってきた村役人に白木は聞いた。

「いいえ、村の番屋に運んでおります」

「なら、先に死体を検《あらた》めよう」

白木は黒紋付きの羽織を風にひるがえして墨堤を急いだ。

番屋の表には、死人の噂《うわさ》を聞いた近所のものたちが人だかりを作っていた。

「さあ、どいたどいた。見せ物じゃねえんだ」

野次馬を追い払うのは、白木の手先になっている七蔵《しちぞう》という痩《や》せた男だった。これは本所道役という属吏《ぞくり》である。七蔵の声で、野次馬たちが二つに割れ、そこに道ができた。

白木は番屋の前で立ち止まり、死体はどこだと村役人に聞いた。

「裏の庭に置いてあります」

そっちにまわってみた。

葉桜となっている小さな桜の木の下に、筵《むしろ》がけされた死体が横たわっていた。白木はそっと筵をめくって、顔を検めた。三十半ばの男だ。かっと目を見開き、苦悶の表情をしていた。ついで体を見た。紺股引《こんももひ》きに着物を端折《はしょ》っている。

腹のあたりに泥といっしょになった血がべっとりついていた。指先で、着物の一端をつまんで開くと、傷口が見えた。白木はじっと目を凝らし、刃物でひと突きかと、内心でつぶやいて立ちあがった。

「この死体はどこにあった？」

「へえ、すぐそばの花膳という料亭の裏です」

花膳なら白木も知っていた。

「七蔵、そっちにまわる」

白木は七蔵を伴って、死体の転がっていた場所に向かった。村役人と最初の発見者だった百姓もついてくるが、その後ろから野次馬たちもぞろぞろついてきた。

「ここに、うつ伏せになって倒れておりました。行き倒れかと思って、声をかけたら死んでいたんでびっくりしたんです」

死体を見つけた百姓が説明した。

白木はまわりを見回した。そばに小さな木立があり、藪《やぶ》がある。道の少し先が花膳だ。白木はふむと、剃《そ》りたての顎《あご》をなでて、篠竹《しのだけ》の生け垣で囲われている花膳に目を細めた。

やけに静かであるし、雨戸が閉まったままだ。この刻限なら戸は開けてあるはずだ。白木は表門にまわってみた。暖簾はあがっておらず、玄関戸も閉めてある。

「この店はいつも遅いのか？」

白木はまわりのものに聞いた。

「そういえばおかしいですね。もう五つ半（午前九時）近いというのに、誰もおりませんね。休みではないはずなんですが……」

そういったのは、案内してきた村役人だった。

白木は村役人を一瞥《いちべつ》すると、黙《もく》したまま店の玄関に足を向けた。

玄関戸をたたき、誰かおらぬかと声をかけるが、返事はない。もう一度声をかけたがやはり返事はない。おかしいと思った白木は戸障子を横に引いた。戸は心張り棒が掛けてなかったらしく、あっさり開き、外の光が暗い土間に射し込んだ。

「あっ」

声を漏らしたのは七蔵だった。

白木も目を瞠《みは》って土間に倒れている死体に釘付《くぎづ》けになった。

「……こ、殺しだ」

そういったのは村役人だった。

白木はぐっと顎を引いて、土間に足を入れた。死体はひとつではなかった。客間にもあった。それは全裸の女で、喉を掻き切られていた。

「七蔵、店のなかを調べろ」

指図した白木も客間から料理場を見てまわった。家のなかはめちゃくちゃに荒らされていた。障子や襖は倒れ、壁に血痕《けっこん》が走っていた。畳は血を吸って黒くなっており、板の間には血だまりがあった。

「だ、旦那《だんな》。来てください」

奥のほうから七蔵の声がして、白木はそっちに向かった。その途中でも死体を発見した。屋内には異臭が充満しており、息苦しいほどだった。

七蔵は奥の土蔵の前にいた。扉は開いたままだ。そこに男の死体があった。

「……この店の亭主《あるじ》だ」

白木は死体の顔を検めてからつぶやいた。

「金箱が空っぽです」

白木は七蔵のいう金箱をのぞいて、目に力を入れた。それから、背後の廊下を振り返った。雨戸の節穴から射し込む光の筋があった。

「盗賊の仕業か……」

「ひでえ外道《げどう》です」

「死体は全部で……」

白木はつぶやいてから、殺された人数を頭のなかで計算した。花膳の主・久兵衛を入れて六人。ひとりの女は強姦《ごうかん》されたあとで、殺された節がある。

「どうしやす？」

七蔵がこわばった顔を向けてきた。

「こりゃあ、おれたちの仕事じゃねえな」

「それじゃ火盗改《かとうあらた》めに……」

「うむ。……だが、最初におれが関わった以上、あっさり火盗改めに渡すわけにはいかぬだろう。七蔵、ご苦労だが番所（町奉行所）に走り、与力の柿沼《かきぬま》さんにこのことを知らせてこい」

「旦那は？」

「おれはこの辺を調べている。早く行け」

「へえ」

七蔵が去ると、白木はもう一度店のなかを見てまわった。

三

片肌脱ぎになって素振りを終えた佐久間音次郎《さくまおとじろう》は、ふっと、ひとつ息を吐いて青空を仰ぎ、家のまわりの雑木林を眺めた。

新緑がまぶしい。鳥たちの声もどこか楽しげに聞こえる。

亀戸村のひっそりしたところにあるその家は、音次郎が牢屋《ろうや》奉行・石出帯刀《いしでたてわき》のはからいで住んでいるのだった。藁《わら》葺《ぶ》きの小さな百姓家だが、何も不自由することはなかった。

木刀を戸口横に立てかけると、家の裏にある泉にいって顔を洗った。家に井戸はなかったが、泉のおかげで助かっている。透きとおった水は、明るい日の光をきらきら跳ね返していた。

近くにおいてけ堀という池があるが、湧き水はその地下水なのかもしれない。首筋の汗をぬぐって家に戻ると、手拭いを姉《あね》さん被《かぶ》りにし、尻端折りをしたきぬが笊《ざる》を持って出てきた。膝から下を剝き出しにしたきぬの足は、白くてきれいだ。

「ほう、もう作ったか」

音次郎は笊のなかを見て、頬をゆるめた。鯵《あじ》の開きである。

「こんなの朝飯前ですから……」

ひょいと、可愛く肩をすくめたきぬは、干してくるといって日当たりのよい庭先に鯵を干しにかかった。

音次郎は家に入ると、自分で茶を淹《い》れ、縁側に行って外を眺めた。鯵を干すきぬの後ろ姿にも目をやる。

きぬは囚獄《しゅうごく》（牢屋奉行のこと）・石出帯刀が、世話役として送り込んできた女だった。

その辺の町屋からやってきたのではなく、音次郎と同じく殺しの咎《とが》で伝馬町の牢屋敷に入れられていたのだ。きぬは誤って奉公していた店の主を殺していたのだった。

しかし、それは事故であったが、申し立ては聞き入れてもらえなかった。結果、獄につながれたのだが、音次郎の世話役として牢から出されているのだった。

そして、その音次郎も人を殺していた。自分の妻子を殺した下手人を、同じ徒組《かちぐみ》にいた浜西吉左衛門《はまにしきちざえもん》だと思い込んで斬ってしまったのだ。

しかし、浜西は無実であった。よって、音次郎は囚われの身となり、死罪を申し渡されていたが、どういうわけか石出帯刀の眼鏡に適《かな》い、

「おぬしにはこれより、極悪非道の輩《やから》どもを成敗する役目をつかわす」

と、命じられたのだった。

よって、今のような自由の身になっている。もっとも、新たな役目がくるまでのしばらくの休息なのではあるが……。


「旦那さん。天気がよいので今晩には、酒の肴《さかな》になりますよ」

鰺を干していたきぬの声で、音次郎は我に返った。

「そうか、それは楽しみだ」

きぬは柳のような眉《まゆ》の下にある切れ長の目を細めて微笑《ほほえ》んだ。

「洗濯をしたら買い物に行ってきますが、何か入り用のものはありませんか？」

「今日のところは何もない。あとで釣りにでも行ってこようと思う」

「おいてけ堀ですね。河童《かっぱ》に気をつけてくださいよ」

音次郎はきぬの冗談に口許をゆるめた。

ひとつ屋根の下で暮らすようになって、まだ三月《みつき》もたっていないが、互いに心を許しあえるようになっている。それにきぬは、心だけでなく体も許してくれた。

初めて肌を合わせたのは、最初の役目を果たして帰ってきた翌日の晩だった。

二十二のきぬの白い肌は、磁器のようになめらかで艶《つや》やかであった。細い体は見た目と違い、尻の肉置《ししお》きも十分にあり、くびれた腰の上には豊かな乳房があった。

初めての交わりだったが、きぬは恥ずかしげもなく喜悦の声を漏らして応えた。以来、二人の仲は以前に増して親密になっている。

もっともこれから先もずっといっしょにいられるという保証は、何もない。

きぬが買い物に出かけてゆくと、音次郎は気持ちよい風の吹き込む縁側で本を読み、眠気に襲われると、そのまま身を委ね、いつの間にか夢を見ていた。

夢のなかには、殺された妻・お園《その》と、息子の正太郎《しょうたろう》が出てきた。

そこは広い野原であった。ずっと向こうに青い海が見え、澄み切った空が広がっていた。

草の上に膝を崩して座っているお園は、正太郎に剣術の稽古《けいこ》をつける音次郎を、やさしげな顔をして見守っていた。

思いもよらず正太郎の腕は上がっていた。教える音次郎もたじたじになるほどで、撃ち込んだところを撥《は》ね返され、さらに右にまわりこんでの返し技もかわされてしまった。

「あっ」

声をあげて転んだのは音次郎のほうだった。

「まいった」

大地に両膝をついた音次郎はそういって、正太郎を見あげた。その肩越しに、青い空が見えた。

「まだまだ未熟だな、音次郎」

声にはっとなって見ると、前に立つのは正太郎ではなく、自分が斬り倒した浜西吉左衛門だった。

「……浜西」

音次郎は息を呑んで浜西を見あげた。

ふふと、短く笑った浜西が、脇構えにしていた刀を振り下ろしてきた。音次郎は逃げなければならなかったが、そうすることができなかった。

襲いくる刀は日の光を弾きながら、脳天めがけて風切り音を立てていた。頭がかち割られ、血潮が飛び散る様が思い浮かんだ。それなのに、音次郎は何もできずにいた。

「あっ」

短い悲鳴を発しそうになったとき、自分の手に刀があるのを思い出した。音次郎はとっさに刀を振りあげて、浜西の凶剣を受け止めた。

近くの林で鳴く鴉《からす》の声で目が覚めた。

音次郎はじっとり寝汗を掻いていた。ふう、夢だったかと首の骨をぽきりと鳴らし、

「……まったくいやな夢を」

と、ぼやくようにつぶやいたが、夢に出てきた今は亡き妻子のことを思い浮かべた。

その敵《かたき》は討たなければならない。そのための手は打ってあるが、これといった手がかりはいまだ得ていなかった。

その下手人捜しの手伝いをしている男がいた。これは吉蔵《よしぞう》といい、囚獄から沙汰《さた》を運んでくる伝書鳩《でんしょばと》のような役目をする男だった。牢屋敷からこの家に案内してきたのも、またきぬを連れてきたのも吉蔵である。

当初は逃亡を恐れていたのか、監視するように日に何度もやってきていたが、このごろは数日おきに顔を出す程度になっている。

その吉蔵がそろそろ来るのではないかと思っていると、案《あん》の定《じょう》やってきた。

それは日の暮れる前で、きぬが買い物から帰ってきたすぐあとだった。

「囚獄からお指図がありました」

吉蔵は顔を合わせるなりそういった。

四

吉蔵の案内で石出帯刀に会ったのはその夜のことである。

場所は大川にそそぐ竪川《たてかわ》の河口、南本所元町の小さな料理屋の奥座敷だった。二方の障子が大きく開けられており、大川の下流と竪川に架かる一ツ目之橋を望むことができた。

帯刀の前に腰をおろした音次郎は、下げた頭をゆっくりあげた。

「無沙汰であったな」

帯刀は怜悧《れいり》な目をわずかに細めていた。櫛目《くしめ》の通った髷《まげ》に、燭台《しょくだい》の明かりがあたっていた。はは、と、音次郎は短く応じた。

「ま、楽にするがよい。さ」

帯刀が酒を勧めた。音次郎は黙って受け、それに口をつけた。

「暮らしのほうはどうだ。もう慣れたか」

「はい、お陰様で……」

「きぬはよく面倒を見る女だろう」

「はい、よく気の利《き》く女です」

「なによりだ。ここはなかなかよいところだ。今度からおまえと会うときには、ここを使うことにいたそうか」

帯刀は盃《さかずき》を口に持ってゆきながら、表に目を向けた。

音次郎も釣られるようにそっちを見た。船行灯《ふなあんどん》をつけた一艘《そう》の舟が、闇に包まれた大川を下っていくのが見えた。

「過日、向島の料亭に賊が入ってな……」

顔を戻した帯刀は、本題に入った。

「花膳という名の知れた料理屋だった。主夫婦、奉公人を含め六人が殺された。賊は若い女を手込めにもしている。さらに、その店の前に男の死体も転がっていた」

音次郎は酒で舌を湿らせる帯刀から目を離さない。

「その男は、火付盗賊改《ひつけとうぞくあらた》め方に使われている密偵で小糠《こぬか》の金次《きんじ》というものだった。土手っ腹をひと突きされていたようだ。これも賊の仕業だろうが……おかしなことがある」

「おかしなこと……」

音次郎は片眉を動かした。

「うむ。今年になって都合八回、火盗改めの捕り物があったが、そのうちの三回が失敗に終わっている。そして今回の花膳の件然《しか》りだ。火盗改めは花膳に入る賊のことを事前に調べており、そのために小糠の金次を見張りに立てていた。だが、不覚にも、店が襲われたという次第だ。賊は店のものを皆殺しにし、金六百五十両をまんまと盗んでいる。盗まれた金の高は、通いの番頭の証言でわかったことだ」

「その盗賊の頭は？」

「これがそうだ」

帯刀は懐から一枚の人相書きを出して、酒肴《しゅこう》の載っている膳部の前に差し出した。

それには雷《いかずち》の要蔵《ようぞう》と書かれていた。年の頃《ころ》、四十。丈五尺八寸ほど。丸顔で眉が薄く、色白。唇も薄く、右頬に一寸ほどの古い傷跡があるという添え書きがあり、似顔絵が描かれていた。

「雷の要蔵……」

音次郎は人相書きを眺めながらつぶやきを漏らした。

「仲間が何人いるかわからぬ。盗賊改め方もこの男を追っているが、尻尾《しっぽ》をつかみ切れていない」

「それではいかようにして？」

「待て、まだ話は終わっておらぬ。問題は小糠の金次だ。こやつが賊とつながっていたのか、それとも金次を使っていた火盗改め方の同心がつながっていたのか、それがわからぬ」

「まさか取締方の同心が賊と……」

「つながっているかもしれぬのだ。だが、その証拠は何もない。単なる推量に過ぎぬかもしれぬが、疑いはある。火盗改め方の長谷川《はせがわ》殿もそのあたりのことを探っておられるようだが、真相は闇のなかだ。おぬしにはこのあぶり出しもやってもらう」

帯刀が長谷川というのは、読者にもなじみの多い、長谷川平蔵宣以《へいぞうのぶため》のことである。御先手弓頭《おさきてゆみがしら》から加役《かやく》として火付盗賊改め方の長官《かしら》に就任したのは、天明七（一七八七）年九月だから、今年で四年目ということになる。

「それじゃ火盗改めに近づかなければなりません」

「いや、内偵は長谷川殿が独自でやっておられる。おぬしは、まず賊の頭と思われる雷の要蔵を追ってもらう。その口から直に聞きだすのだ」

「……はッ」

音次郎は唇を引き結んだ。

「要蔵が口を割ったら、そのまま斬り捨ててかまわぬ。虫けらのように人を殺《あや》め、他人の財産を強奪するやつ、遠慮はいらぬ。裁きを受けさせても結果は決まっている。ならば、無駄を省いてもよかろう」

「…………」

「大事なのは、火付盗賊改め方内部の腐敗を暴くことにある」

「火盗改め内部の腐敗……」

「そうだ」

「しかし、なぜ雷の要蔵のことが、これほどまで詳しく……」

「それは……」

と、帯刀は短くつぶやいて、視線を大川の闇に投げてから説明した。

小伝馬町の牢に留三郎《とめさぶろう》という囚人がいる。この男は、ある盗賊一味の手引きをしたという廉《かど》で捕縛されたのだが、町方に捕まったときから無実を訴えていた。だが、町奉行所に容疑濃厚と判断され牢送りになっていた。

ところが牢獄で調べ直すと、留三郎は濡《ぬ》れ衣《ぎぬ》を着せられている節があり、また重要な種（情報）を持っているようだった。

それがたった今、帯刀が口にした雷の要蔵だったのである。さらに、花膳の仕業も要蔵一味ではないかと留三郎は証言したのだった。

「おれはそれ以上は何も知らねえ。だが、賊に詳しいものがいる。もっとも口の固いやつだからしゃべるかどうかわからねえが、そいつに聞けばもっとわかるかもしれねえ」

留三郎は最後にそういったそうだ。

「それでその男は?」

話を聞き終えた音次郎は、帯刀にまっすぐな視線を向けた。

「人足寄せ場《にんそくよせば》に送られている紋造《もんぞう》という男だ」

「人足寄せ場……」

「おぬしにもそこへ行ってもらう。よいな」

「承知いたしました。ところで……」

「なんだ?」

「わたしの妻と子を殺した下手人のことです。何かわかったことはございませんか?」

音次郎は帯刀を食い入るように見た。

「……残念だが、新たなことは何もわかっておらぬ」

音次郎は静かに落胆のため息をついた。

「だが、佐久間。あきらめているわけではない。わしなりに手は打っているのだ。今、しばらく待ってくれぬか」

「お手数おかけいたしますが、何とぞよろしくお願いいたします」

「あとの手配は吉蔵にまかせてある」

五

「囚獄は人足寄せ場へ行くように申された。それはいつのことだ？」

料理屋の前で、帯刀を乗せた駕籠《かご》を見送った音次郎は、隣に立つ吉蔵に声をかけた。

「明日です」

「もう明日に……」

「こういったことは早いほうがよいのでしょう」

「囚獄は火盗改めのことを口にされたが、留三郎の話も火盗改めに行っているのではないか？」

「いいえ、それは獄内の調べなので、外には漏れていないはずです」

「すると、紋造という男のことも……」

吉蔵は、そうですすと、うなずいた。

「しかし、火盗改めも雷の要蔵のことは知っているのだろう」

「知っております」

「すると、いずれ雷の要蔵を探り出すことになるのではないか。そうなったとき、おれの探索とぶつかるやもしれぬな」

「そのときはうまく立ち回ってください。囚獄の手先であるということは、くれぐれも内密なことですので……」

「……わかった」

音次郎は星明かりを受ける、蝦蟇《がま》のように剝かれた吉蔵の目を見て答えた。

「明日、迎えにあがります。そのときにまた細かいことを伝えることになるはずです」

「承知した」

「それじゃここで……」

吉蔵はそのまま一ツ目之橋を渡ってどこへともなく消えていった。

音次郎は家に帰るために、竪川沿いの道をゆっくり歩きながら、さっき帯刀から聞いたことを頭のなかで反芻《はんすう》し、ひとつ気になることを思い出した。

帯刀は火盗改めの同心が賊とつながっているかもしれないといい、そのことを火盗改めを掌握している長官《かしら》の長谷川が内偵しているといった。

火付盗賊改め方（略して「火盗改め」）は、町奉行所とは別の独立した機関で、犯罪の捜査や捕縛はもちろん、審問から裁判までをこなしていた。

町奉行所と違い罪人追跡のためには、江戸市中だけでなく遠国まで足を運ぶこともあるし、取り調べは強引で荒っぽく、盗賊らには殊の外恐れられていた。また、町奉行所の介入できない神官・僧侶《そうりょ》・旗本・御家人《ごけにん》への取り調べも遠慮なくやれた。

先手組から起用された与力五騎、同心三十人という探索方を擁しているが、その数は年によって増減した。

ともかくその火盗改めを一手に束ねる長谷川が、自分の配下を内偵しているらしい。それに帯刀は、こんなこともいった。

――大事なのは、火付盗賊改め方内部の腐敗を暴くことにある。

これは火盗改めとその首長である長谷川平蔵の汚点をつくことになる。そんなことが許されるのだろうか……。

自分に命令を下すのは囚獄・石出帯刀であるが、おそらく帯刀独自の考えではないだろう。その背後にどんな強権力があるのかわからないが、町奉行所と火盗改めは決して仲がよいとはいえない。すると、町奉行から牢屋奉行に密命が下されたのか……。

音次郎はそこまで考えて、思考を中断した。そんなことを勝手に穿鑿《せんさく》しても無駄なのである。自分は、与えられた使命を全うしなければならない。そのために、死罪を免れているのだ。

さらに、妻子を殺した下手人を捜し出すまでは、生きていなければならない。

はたと気づけば、横十間川に架かる旅所橋《たびしょばし》を渡ったところだった。

東の空に浮かぶ星を見た音次郎は、帰ったら酒を飲もうと思った。きぬが今日作った鯵の干物を肴に……。

六

浅草の新堀端袋町にある徒組の大縄地《おおなわち》――。

徒組の与力・同心が住む武家地である。浜西家はその縄地の東、金蔵寺の近くにあった。

今年数えで十四歳になる浜西晋一郎《しんいちろう》は、母・弓《ゆみ》に挨拶《あいさつ》をして寝間に入ったところだった。まだ、寝るには早い時刻だが、翌日に剣術の朝稽古《あさげいこ》を控えていた。

寝間着に着替え、床に横になって今度の試合のことを考えた。師範は筋のよさを褒《ほ》めてくれるが、免許取得まではまだ遠い道程だった。しかし、つぎの試合ではなんとしても五人抜きに挑戦したかった。

「……今度こそは絶対にやってみせる」

きりっと、唇を引き結んだ晋一郎は、静かに目を閉じた。そのとき、戸のたたかれる音がした。晋一郎は閉じた目をそっと開け、耳をすました。

「わしだ。吉右衛門《きちえもん》だ。起きておるか」

祖父の声が玄関口でし、母がすぐに応じて戸を開けたようだ。

「話がある。晋一郎は？」

「今寝たところです」

「起こせ」

祖父の声にはどこか緊迫の色があった。晋一郎は布団を剝《は》ぐと、そのまま寝間を出て居間に入った。

「おお、晋一郎。起きていたか。これへこれへ」

居間にあがったばかりの吉右衛門は、そばに晋一郎を呼びつけた。弓が何事でございましょうと、晋一郎の疑問を代弁した。

「茶などいらぬ。お弓さんも、ちゃんと聞いてくれ。大変なことを耳にしたのだ」

晋一郎は吉右衛門の前に座った。弓も神妙な顔を吉右衛門に向けた。

「佐久間音次郎は生きているかもしれぬ」

それを聞いた途端、晋一郎は、かっと目を見開いた。

「まことでございますか」

「うむ。やつは死罪になったはずだが、その遺体がない。墓に埋められた様子もない。このことは前にも話しておるが、調べてもどうにもわからなかった。ところが、佐久間にそっくりな男を見たというものがいた」

「それはいつのことでしょう？」

弓が身を乗り出して訊《たず》ねた。

「今日のことだ。徒組の早河《はやかわ》というものが、本所一ツ目之橋のそばでそっくりな男を見たとな」

「本所で……」

晋一郎はつぶやいて、年の割にはしわの少ない吉右衛門を見た。

「そうだ。背格好もよく似ていたらしい。よもや死罪になった佐久間が生きているわけどないと思い、声をかけそびれたらしいが、組屋敷に帰ってから、やはりあれは佐久間だったような気がするというのだ」

晋一郎は目を輝かせて、宙の一点を凝視した。

佐久間音次郎が突然やってきて父・吉左衛門を斬ったときのことは、今でも昨日の出来事のように覚えている。

袈裟懸《けさが》けに振り切られる凶刃。血潮を噴き出し倒れる父。さらに佐久間音次郎は、前のめりになった父の胴腹をも斬り抜いた。

あっという間のことだったので、晋一郎はその惨劇を凍りついたまま見ているしかなかった。父を斬った血刀を下げたままぎらりとにらんできた佐久間のことは、今でも目に焼きついており、忘れようとしても忘れられない。

「しかし、死罪になったものがどうして生きているのでしょうか？　もし、生きているとしたら、どうやって罪を許されたのでしょうか？」

晋一郎は疑問を口にする母を見た。

腕を組んでうなる吉右衛門は、額が大きく禿《は》げ上がり、ちょこなんと結《ゆ》われた髷《まげ》には白いものが目立つ。

「……それはわからぬ。死罪と決まったものは、必ず処刑される。助かるものはいない。だが、やつの死体は家には戻らなかった。もっとも妻子を殺されているので、そうならなかったのだろうが、菩提寺《ぼだいじ》には埋葬されていない」

「でも、それは不浄の血を流した身なので、先祖の墓を汚したくないという佐久間の訴えがあったからではありませんか……」

「牢屋敷ではそのように聞いたが、それにしてもその死体はどこに埋められたのだ？ 墓荒らしをされては困るので、教えられないといわれたが、どうもあの言葉は信用がおけぬのだ」

そういう吉右衛門を、晋一郎は黙って見つめていた。祖父は、佐久間は殺されていないと疑っている。晋一郎も、祖父の話を聞くうちにそうではないかと思うようになっていた。

「ともかく佐久間に似た男がいたというのはたしかなことなのだ」

「他人の空似ということもあります」

「お弓さん、そなたは佐久間が殺されたと思うか？」

「それは……」

「もし生きていたら、敵《かたき》を討てるのだ。晋一郎、おまえはどうだ？」

吉右衛門の目が晋一郎に向けられた。

「ほんとに生きているのなら、敵を討ちます」

「ならば、その佐久間に似た男を捜そうではないか。わしの大事な息子を殺した憎い男なのだ。そして、晋一郎。おまえの父上を殺した畜生なのだ。万が一、その男が佐久間本人であるなら、二人で討ち果たそうではないか」

「お祖父《じい》さん、わたしはその男を捜したいと思います」

弓の顔がさっと晋一郎に向けられた。

「おまえ……」

「母上、似ている男がいるなら、会うだけでも無駄ではないはずです。間違いであってもたしかめるべきではありませんか……」

「たしかにそうだと思うけれど、万が一佐久間だったとしたら、おまえのかなう相手ではないのだよ」

「お祖父さんもいっしょなんです」

「そうじゃ、わしがおる」

「でも、本当に……生きているのかしら……」

「お祖父さん、その男を明日から捜しましょう」

晋一郎は母を遮って吉右衛門を見た。

「何がなんでも捜すのだ」

力強く応じた吉右衛門の目に、燭台の炎が映り込んでいた。

七

「裏の林に見事な躑躅《つつじ》が咲いておりました」

「大きな躑躅だな。さっき眺めてきた」

音次郎は朝餉《あさげ》を食いながらきぬに応じた。

「何本か手折《たお》って、壺《つぼ》に活けようかと思います」

「そうするがよい」

音次郎はみそ汁をすすりこんで、箸《はし》を置いた。今朝のきぬはおしゃべりだった。今日から音次郎が留守をするからであろうが、いつになく落ち着きもない。

「お茶を」

「うむ」

「今日から四月です。単衣《ひとえ》を出しておきましたので、それをお召しになってくださ い」

「そうしよう。だが、今日はその必要はないかもしれぬ」

音次郎は茶を飲んでから、表に目を向けた。青空が広がっている。縁側には斜めから朝日が射し込んでいた。

「でも、渡し場まで袷《あわせ》では暑いかもしれません」

「それはそうだが、吉蔵がどういうかわからぬ」

「せっかく洗い張りをしたのですから、着てほしいのですけれど」

「それじゃ先に着ておくか」

おしゃべりなきぬにいちいち応じるのが面倒になったので、音次郎は隣の部屋に行って、用意されていた単衣を羽織った。

きぬはそばに来て、脱いだ寝間着を片づけ、帯を差し出す。

「今度は長いのでしょうか？」

「そう長くはないはずだ。二、三日したら一度戻ってこれるだろう」

「無事に帰ってきてくださいましよ」

音次郎はキュッと帯を鳴らして締めた。昨夜、きぬには石川島の人足寄せ場に行くと告げていた。

「人に会うだけだ。そう心配するほどのことではない」

「ならよいのですけれど……きぬはやはり心配です」

音次郎は黙ってきぬを見つめた。色白で鼻筋の通った細面があがった。ひとりで留守を預《あず》かるきぬの気持ちはわからないではない。

「きぬ、おれもできることなら、おまえとずっとこうやって平穏な暮らしがしたいのだ。だが、そういうわけにはまいらぬだろう。わかっていることではないか」

「それはよく承知しておりますが……」

「帰ってきたら、またおまえのうまい飯を食わせてくれ。よいな」

「はい、お酒も用意しておきます」

「頼むぞ。帰ってきたらまた水入らずの暮らしができる」

そういってやると、きぬは恥ずかしそうにうつむいた。その白い頬が赤くなった。

吉蔵がやってきたのは、それから間もなくのことだった。

「支度はできていますね」

朝の挨拶を交わすなり、吉蔵は音次郎の姿をしげしげと眺めた。蝦蟇のような目と強情そうな厚い唇は、決して褒められた人相ではない。

「これじゃまずいか?」

「どうせ、向こうに渡ったらお仕着せになります。古い着物が無難だと思いますが」

「そういうことらしい……」

きぬは眉を下げ、仕方ないという顔をした。

「それから、旦那。大小はいりませんので、置いていってください」

「そうか」

音次郎は差料《さしりょう》をきぬに渡した。

「旅所橋のたもとに舟を待たせてありますので、まいりましょう」

「それじゃ行ってまいる」

音次郎が編笠を手にすると、きぬが切り火を打ってくれた。

音次郎と吉蔵は連れだって家を出たが、きぬが庭先まで追いかけてきて、

「無事をお祈りしております」

と、声をかけてきた。音次郎は力強くうなずき返してやった。

吉蔵が用意していた舟は、旅所橋の船着き場を離れると、ゆっくり竪川を下った。

きぬが今日から四月といったように、日射しが強く感じられた。江戸はこれから本格的な夏を迎えるのだ。

「渡し場から出る舟には、川北《かわきた》という見廻り役の同心の旦那が乗られます。寄せ場についたら、その旦那が手配をしてくれることになっておりやす」

「川北だな」

「へえ。旦那の刑は、所払いです。酒を飲んで暴れ、店の客を殴り店の物を壊したが、弁償できなかった。これが数日内に重なったということになっております。名はそのままでいいでしょうが、生国はどこか適当に……」

吉蔵は、父母兄弟の有無、職業のことなどを伝えた。それらは寄せ場に渡って、口《くち》書《が》きを取られる際に必要とのことであった。

船頭の操る舟は大川に出ると、流れに乗って一気に下っていった。

吉蔵は口書きに必要なことを伝えると、寄せ場のことを大まかに話した。

「まあ、行ってみればわかることでしょうが、そんなところです」

「おまえは行ったことがあるのか？」

「いいえ、あっしも人の話を聞いているだけです」

音次郎は深編笠のなかから、陽光にきらめく大川と、川岸の町屋に目を向けた。紋造という男には、今日のうちに会えるはずだ。うまく話を聞くことができれば、明日には戻ることができる。しかし、亀戸の家に長くとどまることはできないだろう。

向島の料亭・花膳を襲った賊が雷の要蔵であれば、すでに江戸を離れていると考えたほうがいい。果たしてその行き先はどこになるのだろうか……。

音次郎を乗せた舟は鉄炮洲《てっぽうず》にある寄場之渡に向かっている。その船着き場で、寄せ場行きの船に乗り換えるのだ。

永代橋をくぐり抜けた舟は、さらに舟足を速めた。やがて、うっすらと霞《かす》んだ石川島が見えてきた。その先には銀鱗《ぎんりん》のように輝く海が広がっている。

「旦那、手を貸してください」

吉蔵にいわれた音次郎は、正面に見える石川島に視線を注ぎながら、両手を後ろにまわした。その手を吉蔵が、捕縄で縛った。

第二章　人足寄せ場

一

鉄炮洲の船着き場（寄場之渡）にはすでに、寄せ場行きの船が舫《もや》われており、御用と書かれた幟《のぼり》が、ぱたぱたと風に揺れていた。

船上と船着き場には町奉行所の与力と同心、そして寄せ場役人の姿があり、音次郎は暗黙の了解で、吉蔵の手から寄せ場役人に引き渡された。

しばらくすると、小者に縄尻を取られた寄せ場送りになるものたちがやってきた。人数は十人ほどであった。

「乗船だ」

船着き場にいた若い町方の同心が声をかけると、寄せ場送りになるものたちは順番に船に足を向けた。船に乗り込んだ音次郎は、渡し場の外れに立っている吉蔵を見た。吉蔵は頼んだというように顎《あご》を引いてうなずき、背を向けて歩き去った。

海は穏やかで、船縁《ふなべり》と岸壁を波が洗っていた。そばの海で鷗《かもめ》が舞い交い、さらにその上の空で鳶《とび》がゆっくり旋回していた。

船は寄せ場役人の合図で静かに岸壁を離れ、石川島に向かいはじめた。島までは三町もないから、短い船旅だ。

ぎっしぎっしと、二人の船頭の漕《こ》ぐ櫂《かい》の音がした。

寄せ場に送られるのは重罪人ではない。軽罪で放免すれば、再犯の恐れがある無宿者がほとんどだ。

人足寄せ場は昨年（寛政二年）できたばかりで、火付盗賊改め方の長谷川平蔵が老中・松平定信《まつだいらさだのぶ》に上申して認められてのことであった。

石川島の一万六千三十余坪が寄せ場として使われている。周囲には竹矢来をめぐらしてあり、逃亡すれば死罪である。寄せ場の目的は、軽犯罪者の更生であり、手に仕事を覚えさせて社会復帰させることにある。

海をぼんやり眺めているうちに、船は石川島に着いた。船が雁木《がんぎ》につながれると、寄せ場送りのものたちは、役人らにせき立てられて、船を降ろされた。

そのまま寄せ場の門を入り、役所の前で一同は足を止めた。彼らは囚人ではなく、寄せ場人足と呼ばれる。その人足らの前に、七人の役人が立った。いずれもいかめしい表情をしていた。そのうちの二人は、黒紋付きの羽織を着た町方同心だった。

音次郎ら人足は、その列座のなかで、名前・年齢・生国・家族・職業の口書きを取られた。音次郎は吉蔵から前もって教えられたことを口にし、爪印を捺《お》した。

全員の口書き取りが終わると、寄せ場での御条目を読み聞かせられ、柿色《かきいろ》に白の水玉模様のお仕着せを与えられた。

「佐久間音次郎、これへ」

ひとりの同心が声をかけてきた。これが川北という人足寄せ場掛《かかり》の同心だった。

「……川北さんですね」

「いらぬことをいうな。ついてまいれ」

川北は顎《あご》をしゃくって音次郎を従わせた。

「おまえは紋造と同じ部屋だ。仕事も同じ土木普請だ。あとのことは世話役に聞け」

「世話役……」

「花色に水玉のお仕着せを着ているからすぐにわかる。ここだ」

川北は役所の北側に建つ長屋のなかほどで立ち止まった。

「ここがおまえの部屋だ。着替えをして、なかで待っておれ」

「はい」

音次郎がそのまま行こうとすると、肩をつかまれた。川北は無表情の顔を寄せてきて、

「しっかりやるんだ。終わったら、おれにいえ」

と、いって去っていった。

人足長屋のその部屋は、思っていたほど汚くなかった。建てられて間もないからなのだろうが、壁板も仕切り窓もしっかりしていた。

部屋は寝小駄《ねこだ》という荒縄の筵《むしろじ》敷きで、上座に縁なしの琉球畳《りゅうきゅうだたみ》があった。音次郎はお仕着せに着替えると、窓のそばに立って表を見た。広場の先に見張り番所と飯炊所があった。その先に作業場と思われる建物が見える。同じお仕着せを着た人足らが、大八車を押していったり、背負子《しょいこ》を背負って作業場を出入りしていた。

「新入りか」

ふいの声に振り返ると、入口に男が立っていた。着物の柄が違うので、これが世話役だろう。男は音次郎の顔を探るように見ると、そこへ座れといった。

「名は？」

男は上座の琉球畳に腰をおろしてにらむように見てきた。

「佐久間音次郎」

「なにをやった?」

「酒を飲んで暴れただけだ」

「ふん、浪人か?」

「そうだ」

「まあ、いいだろう。おれはこの部屋の世話役をやっている左吉《さきち》っていうものだ。ここでの暮らしを教えてやるからついてきな。その前におまえの床はそこの端だ」

左吉は入口の三和土《たたき》そばを示してから立ちあがった。

長屋を出ると、左吉が順繰りに寄せ場を案内してくれた。

人足らは手に職があれば、手業場《てわざば》という細工小屋で仕事をすることになっていた。大工・建具・塗り物・紙漉《かみすき》などだ。手に職のないものは、米搗《つ》き・油搾《しぼ》り・石灰作り・炭団《たどん》作り・藁細工《わらざいく》などが振り当てられる。

「島にあがって何といわれた?」

ひととおり見てまわってから左吉が聞いた。年の頃《ころ》は、三十三歳の音次郎と同じぐらいだろう。

「土木普請といわれた」

「それじゃ紋造さんと同じだ」

紋造という名を聞いた音次郎は、きらっと目を光らした。

「作業場を教えてやる」

左吉が連れて行ったのは、門番所に近いところだった。塀の代わりになっている竹矢来の向こうで、運んできた石を岸壁に下ろしている人足たちがいた。作業は堤防を強化するためらしい。どの男が紋造だろうかと思って見たがわからなかった。また、左吉に紋造のことを不用意に聞くのも憚《はばか》られた。

「あんたはなぜ、ここに？」

左吉に問いかけたのは、帰り道のことだ。

「たいしたことではない。湯屋で人の巾着《きんちゃく》を盗み、盗品だとわかっている預かり物を売りさばいて捕まっちまったのさ」

「刑は？」

「百叩きだ」

普通はそれで放免されるはずだが、再犯の恐れがあると判断され、送られてきたようだ。

「どの人足も、しみったれた悪さしかしていない。ここにいるのはそんなやつばかりだ」

左吉は言葉を足した。

島での仕事は、朝五つ（午前八時）にはじまり、夕七つ（午後四時）に終わる。規則は牢屋敷《ろうやしき》ほど厳しくはないが、盗みや博打、あるいは徒党を組むことは禁止されていた。規則を破れば、遠島か町奉行所への引き渡しとなる。

やがて中食《ちゅうじき》となり、人足らは飯炊所で飯を受け取り、自分たちの長屋に引き取って食べた。みそ汁に麦混じりの飯、そして小さな魚の干物と沢庵《たくあん》。朝は、粥《かゆ》か雑炊らしい。

音次郎はその中食時に、紋造のことを知った。四十過ぎの小柄な男だった。寡黙《かもく》なのか、他の人足と違い、軽口もたたかず、黙って飯を食っていた。仲間も紋造には話しかけようとしなかった。

その様子をじっと窺《うかが》っていると、紋造は視線に気づいたらしく見返してきた。真っ黒に日焼けした小作りの顔だが、唇が厚く、三白眼だった。

音次郎は、こいつは一筋縄ではいかないと思った。口を割るには手間がかかるかもしれない。

「仕事だ！」

世話役の左吉が声を張ると、みんなはまた長屋を出ていった。

二

その日の仕事が終わると、人足らはそれぞれの長屋に引き取った。

収容されている人足は、百五十人前後で、女の人足もおり、寄せ場門の近くに女専用の長屋が建てられていた。

人足らは日々の作業の他に、月に三回ほど心学の講義を受けるそうだ。人格を改《かい》悛《しゅん》させるための教化らしい。そんなことを親切に教えてくれるものがいた。

人足らは食事のあとは思い思いに過ごす。将棋を指すものもいるが、ほとんどが愚にもつかないおしゃべりだ。彼らは嘘《うそ》かまことかわからないことを、自慢そうに話し、作業場での愚痴をこぼした。

新入りの音次郎が興味を持たれたのはいうまでもなく、うるさいほどあれこれ聞かれたが、端的に答えるだけにとどめておいた。その部屋には十三人がおり、浪人は音次郎だけだ。他のものは無宿者の百姓か町人であった。

「それじゃ火を消すぜ」

宵五つ（午後八時）の鐘を聞いた世話役の左吉が、燭台《しょくだい》の炎を吹き消した。ただし、常夜灯代わりの角行灯《かくあんどん》はそのままだ。

人足らは柿色の布団一枚を掛けて横になった。夜具はそれだけである。冬場は寒さをしのぐために、もう一枚薄手の布団が渡されるということだった。

ひとりだけ板壁にもたれて起きているものがいた。寝ずの番をするものだ。人足二人がその当番につき、一晩を交替で務める。寝ずの番は順番にまわるので、長居をすれば音次郎もやることになる。

紋造に話しかける機会はなかなかなかった。ともかく他人と話をするのが嫌いなのか、自ら人との距離を取っていた。

翌朝はその紋造と土木普請に向かった。これは構外作業なので、寄せ場から出ることになる。無罪の無宿者だけに与えられる仕事だ。

「紋造といったな。仕事を教えてくれるか」

音次郎が初めて紋造に声をかけたのは、石切場に石を取りに行ったときだった。

「教えることなんかありゃしねえよ」

紋造はにべもなくいって、石切場の石を大八車に積んでいった。

石は重さ二貫（約七・五キロ）から三貫ほどのものが多く、もっと重いものは人数をかけて大八車に載せた。

人足らはお仕着せをからげ、裸足で仕事をする。日が昇るにつれ、汗の量が多くなり、着物に塩が吹いた。

堤防を補強する仕事は重労働だが、人足らはその作業をゆっくり行う。昼四つ（午前十時）に休憩が取られ、水を飲んで一服入れる時間があった。

音次郎は紋造からわざと離れて休息を取った。しつこくされるのをいやがる紋造の性格がわかったからで、逆に向こうから興味を持たれるようにするにはどうしたらよいかと考えた。

作業はすぐに再開され、再び石を取りに行っては堤防に運んでいった。海の向こうには鉄炮洲の町屋がもやがかったように見えた。

それは、中食のときだった。

飯炊所に並んで飯をもらう人足のひとりが怒鳴り声をあげたと思ったら、地面に転がって取っ組み合いの喧嘩《けんか》をはじめたのだ。役人らは遠くにおり、人足仲間らは止めることもせず、喧嘩をおもしろがっている様子だった。

地に転がり、首を押さえつけ、拳骨《げんこつ》で殴り合いをする二人は、まだ二十代と思われた。二人とも体格が似ており、勝負は互角だった。飯炊所の列が乱れ、みんなは喧嘩騒ぎを取り囲んで、もっとやれ、もっとやれとあおり立てた。

　二人とも鼻血を噴き出し、顔面血だらけになっていた。色の黒いほうが股間《こかん》を蹴《け》られてうずくまった。蹴った男は今だとばかりに、背中を蹴り、顔を殴りつけ、首を絞めにかかった。色黒の顔がゆがみ、血の気が引いていくのがわかった。口の端からあぶくのような唾《つば》をこぼした。

　見ていた音次郎は、今止めないと、色黒が殺されると思った。

「やめねえか」

　すぐに出ていって、二人を引き離した。股間を蹴られ首を絞められた色黒は、地面に這《は》いつくばって荒い息をするだけだったが、喧嘩を止められた男は血の気が多いのか、音次郎に食ってかかってきた。

「てめえ、余計な手出しするんじゃねえ！」

　そういうなり、つかみかかってきた。音次郎は、左足を半歩引いて体を開くと同時に、男の右手を軽く後ろにひねりあげた。

「あ、いててて。放しやがれ」

　そうわめきながら唾を吐きかけてきた。音次郎の首にその唾がかかった。

「もういいだろう」

音次郎はそういって、男の尻を思い切り蹴飛ばした。

男は前のめりに倒れ、さっと音次郎を振り返り、憎悪のこもった目を向けてきたが、

それ以上刃向かう素振りはなかった。

突棒《つくぼう》を持った役人が走ってきたのは、それからすぐだった。ひとりの人足が喧嘩のいきさつを話すと、二人の若者は役所に引きずられるようにして連れて行かれた。

「やるじゃねえか」

と、声をかけてきたのは左吉だった。

「たいしたことではない」

音次郎は飯炊所で飯をもらって長屋に引き取った。

食事中は誰もが、さっきの喧嘩のことを話していた。喧嘩をしたものは、寄せ場の牢に二、三日入れられるが、反省が見られないと町奉行所に差し戻されるらしい。

午後も音次郎はたんたんと作業に精を出した。

紋造の口を割るなら、何もこんな面倒なことをしなくてもよいではないかと思うが、それは囚獄に考えがあってのことだろう。

その日の作業は大過なく終わったが、結局紋造と話す機会はなかった。ところが、

思いもよらず紋造のほうから声をかけてきた。

三

牢屋敷と違い、寄せ場人足は肉体労働をして日々汗を流す。そのために手業場横に湯場が設けられていた。湯は毎日沸かされるわけではないが、その日、汗みずくになった音次郎は、みんなにならって湯を浴びに行った。

江戸市中の湯屋と違い、浴槽と洗い場を区切る石榴口《ざくろぐち》はなく、ただ広い浴槽があるだけだ。そのまわりが洗い場となっている。

音次郎は湯に浸かり、ゆっくり足を伸ばした。一日の疲れが静かに癒される。遅れて紋造が湯船に入ってきた。両手で湯をすくい顔を洗ってから、音次郎に気づいた。

「……佐久間といったな」

「うむ」

「剣術はどれぐらいやってるんだ?」

「さあ、どれぐらいか……短くはない」

「強いのか……?」

音次郎は紋造を見返した。

「なぜ、そんなことを聞く？」

「強けりゃ使い道がある」

音次郎は目を細めた。湯煙の向こうから紋造がじっと見つめてくる。高窓から射し込む西日が、汗をかいた板壁にあたっていた。

「どういうことだ」

「……ま、いい。あとで話をしようじゃないか」

紋造はそれだけをいうと、先に湯船をあがっていった。

この時期の日は長い。夕餉《ゆうげ》を終えたあとでも、外は明るく、気持ちよい潮風が吹き渡っていた。

音次郎が飯碗《めしわん》を飯炊所に返して長屋に戻ると、戸口の脇に紋造が座っていた。目を合わせると、無言でここにこいという。

音次郎は黙って隣に腰をおろした。洗い物を洗場に運んでゆく女の当番人足の姿があった。飯炊所の当番は片づけに忙しそうだ。

黄昏《たそが》れた空には黄金色に染められた雲が浮かんでいた。

「……話があるといったな」

音次郎のほうから声をかけた。

「人を斬《き》ったことはあるか？」

音次郎は紋造の横顔を見た。紋造はまっすぐ前を向いたままだ。しわの多いかさついた肌をしていた。濃いしみがいくつもある。

「……ないといったら嘘になる」

音次郎は考えてからそういった。

「ひとり斬ってもらいたいやつがいる。受けてくれねえか」

「簡単にそんな話に乗れるか」

「金は出す」

「おまえがそんな金を持っているというのか……無宿のくせに……」

「金のことは心配いらねえ。おれはもうじき、ここを出ることになる。出たらおまえに何とか連絡をつける」

「…………」

「おまえさんの話だと、そう長くここにいるようじゃない。長くて一年だろう。おれは、あと二、三ヶ月で放免されるはずだ。一年ぐらい待つのはどうってことねえ」

「……それで誰を斬る？」

「盗人《ぬすっと》だ」

「……盗人」

「ああ、許せねえやつだ。ここで誰だというわけにはいかねえが……」

音次郎は足許の石ころを拾ってしばらく弄《もてあそ》んだ。

「……今の話。頭の隅に入れておくことにする」

「そうしてくれ」

音次郎は立ちあがりかけたが、

「盗人といえば、おれがこっちに送られる前にひどい盗人の話を聞いた」

そういうと、紋造が顔を向けてきた。

「どんな話だ？」

「向島の料亭に押し入り、店のものを皆殺しにした挙げ句、金六百五十両をまんまと盗んだそうだ。使用人の女は殺される前に手込めにされている」

「賊の名を聞いたか？」

「何でも雷《いかずち》の何とかといった」

この辺は曖昧《あいまい》にしたほうがいいだろうと、とっさに考えてそういった。だが、紋造の三白眼に変化があったのを音次郎は見逃さなかった。

「そりゃ、雷の要蔵一味だろう」

「そうだ、そうだった」

音次郎はわざと驚いたふりをして、言葉を足した。

「知っているのか？　まさか、その要蔵という盗人を斬れというんじゃないだろうな」

「そうじゃねえ。要蔵の用心棒をしている男だ」

音次郎はどう返答すべきか、遠くを見て考えた。日は翳《かげ》りはじめているが、まだ十分に明るい。鳶《とび》が寄せ場の空から声を降らしていた。

「そいつの名は何という？」

「今は教えられねえ」

「……それじゃ話にならぬ」

「おれはおまえさんの腕が知りたい。それを試すのはここではできねえ。だから、そこまで話せねえんだ」

「だが、なぜその用心棒を……」

「おれの仲間を殺したからだ」

「まさか、おぬしも賊の仲間だったんじゃないだろうな」

「そうじゃねえさ。おれは町方の下っ引きだった。殺されたのは同じ下っ引きだ」

「下っ引きをやっていたのなら、目こぼしでも受けたのか？」

下っ引きというのは通常、同心の手先として働く岡っ引きが下につける課者《ちょうじゃ》のことをいうが、同心のなかには使っている岡っ引きも知らない下っ引きをつけているものがいた。紋造はおそらくその類《たぐい》だったのだろう。

「けちな強請《ゆすり》をやったのを、その町方に許してもらって、しばらく下っ引きをやっていただけだ。おれは無宿者だったから、江戸のほうぼうを歩きまわっていた。だから手頃だと思われたんだろう」

「その下っ引きがここに……町方は力を貸してくれなかったのか？」

「逃げたんだ。あのままだと、おれはあの用心棒に殺されていた。それが怖くて、この寄せ場に送ってもらったんだ」

寡黙な男だと思っていたが、いざ話しだすと紋造は饒舌《じょうぜつ》だった。

「仲間を殺されたのなら、さぞ悔しかろう。だが、雷の要蔵という盗人は相当の外道《げどう》のようだ。そんな男の用心棒ならなまなかな腕ではなかろう」

「恐ろしい男さ」

「……そいつらの隠れ家でも知っているのか？」

ごく自然な問いかけだったはずだが、紋造はしばらく黙り込んだ。音次郎は疑われたのではないかと、内心不安を覚えた。

「やつらはどこにいるかわからねえ。だが、他の賊に近づけばわかるはずだ」

音次郎は思わず、拳を握りしめた。その盗賊のことが知りたい！

「それは何という賊だ？」

紋造が顔を動かして見てきた。

「ずいぶん、知りたがるじゃねえか」

「話をしてきたのはおまえのほうだ。気になっても仕方なかろう」

いってやると、紋造はまた顔を戻した。

寄せ場には夕闇《ゆうやみ》が迫ってきていた。

「おまえさんが、おれのいう用心棒を斬ると約束してくれるなら教えてやる」

「おれの腕を試す前でもいいのか」

この辺は謙虚になってやる。

「どうせ、おまえさんはすぐにはここを出られないんだ」

「別に他のものに話すつもりはない」

「まあ、いい。一晩考えよう。気が向いたら教えてやる」

紋造は先に立ちあがって、長屋に消えていった。

もう少しだったがと、音次郎は小さく舌打ちした。

四

人足寄せ場はいわゆる更生施設なので、牢屋敷ほどの厳しい規則はない。収容されている人足らは、わりと自由に歩きまわることができる。

その朝、早く起きた音次郎は、朝餉の前にぶらりと寄せ場内を歩いてみた。他のものも竹矢来のそばに立って、海を眺めたりしている。役所の前では木刀を持った同心が、熱心に素振りをしていた。

音次郎は手業場横の平業場の前で立ち止まって、作業場のなかをのぞいた。平業場では米搗きや油搾り、藁細工などの仕事が行われる。

作業場によって筵敷きだったり、地面剝《む》き出しの土間だったりする。格子窓から射し込む朝日が、その作業場のなかに筋を作っていた。

人足らはここで仕事を覚えて、更生したと認められると放免され、職を与えられる。また仕事には賃金が支給されるので、放免時にはそれを受け取ることもできた。

気紛れに寄せ場内を散策する音次郎だが、監視の目は向けられている。要所要所に張り番所があり、そこの番人が人足らに目を配っているのだ。

役所の裏を通ったとき、強い視線を感じてそっちを見ると、同心の川北だった。目を合わせると、まだ用事はすまないかという顔をした。

音次郎はわずかに首を横に動かした。

「早くしろ」

川北はつぶやくようにいうと、さっと背を向けて役所のなかに消えていった。

見送った音次郎は、また疑問に思った。なぜ、彼らは自分たちでやらないのかと。紋造から聞きたいことがあれば、取り調べればすむことだ。口が堅いなら、強引に拷問をかけて口を割ることもできるのではないか。なぜ、こんなまわりくどいことをするのだ。

その意図するところはわからないが、ともかく音次郎は紋造から聞くことを聞かなければならない。

紋造は昨日と違い、よそよそしかった。音次郎と目を合わせようともせず、わざと距離を取っているようにも思えた。警戒心の強い男だというのはわかるが、そばにゆけば忌諱《きい》するようにすうっと離れてゆく。まったく取りつく島がなかった。

「あんた、紋造さんに何かやったのか……」

昼前の休憩中に、同じ普請作業をする男が話しかけてきた。前歯がほとんどない浜《はま》蔵《ぞう》という男で、紋造といっしょに寄せ場に送られてきたものだった。

「いや、何も……」

「あんたを避けてるふうだからちょいと気になってよ」

浜蔵はそういって水筒の水を、喉《のど》を鳴らして飲んだ。それからまた言葉をつないだ。

「それにしてもあの人は変わっている」

音次郎は浜蔵を見て、どういうふうにだと聞いた。

「……役人が大嫌いなんだ。とくに町方の役人がな。何があったかしらねえけど、半年前調べを受けたとき、紋造さんは自害しようとした」

「……自害を」

「そうさ。やつらには何も話すことはないといって、舌を噛《か》み切ろうとしたんだ。それからは、寄せ場の役人らはあたらず障《さわ》らずで接している。仕事は真面目にやるんで、何もいわねえが……役人は紋造さんから何か聞きたがっているふうだ」

音次郎は木陰で休んでいる紋造の背中を見た。

「何を聞かれたんだろう?」

「さあ、紋造さんに聞かなきゃわからねえことさ」

このとき、囚獄の意図がようやく読めた気がした。紋造は役人の調べに対しては、頑《がん》として口を割らないのだ。音次郎の知らないところで、相当手を焼かされたのかもしれない。

その日も作業は無事に終わり、人足らは静かに自分たちの長屋に帰っていった。騒ぎが起きたのは、音次郎が飯炊所に向かったときだ。

油搾り場で人足のひとりが泡を吹いて倒れ、戸板に乗せられ病人置き場に運ばれて行ったのだが、同じ仕事をしていた男が、世話役の襟首をつかんでわめいていた。

「あんたがひでえ仕事を振り分けたからああなったんだ！　こんちくしょうが！　てめえだけ楽な仕事を選んで、やつに何の恨みがあるっていうんだ！」

首を絞められる世話役は人足を放そうとするが、その人足は若くて体も大きかった。張り番の番人らが取り押さえにかかったが、人足はひとりの番人の突棒を奪い取って暴れまくった。まったく手に負えない始末で、ひとりの番人をたたき伏せたと思うや、突棒を突き出してきた番人の鳩尾《みぞおち》に、奪った突棒を突き入れた。

「うぐっ」

番人が腹を押さえてうずくまると、人足は背や頭をめちゃくちゃに殴りはじめた。

他の番人が取り押さえようとすると、狂った獣のような顔で棒を振りまわす。

「近寄るんじゃねえ！　おれはもうこんな仕事は懲《こ》り懲《ご》りだ。牢屋敷でも何でも行ってやる。やるんだったら相手になってやるぜ！　かかって来やがれ！」

男は威勢よくがなり、突棒をびゅんびゅん振りまわす。

どこかで鳴らされた呼び子が空に響き、世話役のひとりが役人たちを呼びにいった。元締めやその下役が来れば、騒ぎは収まるだろうと、音次郎は思った。

「あんた、止めなよ」

耳許《みみもと》でそういったのは、紋造だった。

「下役が来れば、あの人足は斬られるぜ。前にも同じようなことがあった。下役や元締めは人足らをいじめたくてうずうずしてるんだ。こんなに暴れるやつは、ばっさり斬り捨て御免になるに違いねえ」

音次郎は役所のほうを見た。

刀の鯉口《こいぐち》を切った同心が駆けてくる。その後ろには突棒や刺股《さすまた》を手にした番人たちの姿があった。音次郎は暴れている男に視線を戻した。倒した番人を狂ったようにたたきつづけている。番人は血だらけになっており、抵抗の素振りもない。

音次郎は手がつけられず右往左往しているひとりの番人に近づくと、

「貸してくれ」

といって、奪い取るように突棒を手にした。

「おい、その辺でやめておけ」

声をかけられた男が血走った目を向けてきた。

「なんだ、てめえは？　おめえもぶっ殺されたいか」

男は勢いよく突棒を突き出してきた。

音次郎は右肩を引いてかわすなり、相手の突棒をすりあげた。男の体が開き、小手ががら空きになった。音次郎はすかさず、その右腕に突棒をたたきつけた。

「いてえ！」

したたかに小手をたたかれた男は、悲鳴をあげて棒を落とした。

音次郎はさらに、突棒を横になぐように振り、腹を強くたたいた。男の体が二つに折れる。その後ろ首に、もう一撃を見舞ってやると、男は大地に倒れ気を失ってしまった。これは、深呼吸を一回するかしないかのあっという間のことであったから、まわりにいた誰もがあっけにとられた顔をしていた。

音次郎は使った突棒をさっきの番人に返した。騒ぎを聞いた同心と下役が駆けつけてきたのはそのときだった。

「何事だ？」

いかめしい顔で聞く同心に、そばにいた人足がことのあらましをざっと話した。音次郎が騒ぎを鎮《しず》めたことを知った同心は、視線を向けてきたが何もいわなかった。それから気絶している男を見て、声を張った。

「こやつを引っ立てろ！」

気絶した男は二人がかりで役所内の牢に連れてゆかれ、半殺しの目にあった番人は、戸板に乗せられて病人置き場に運ばれていった。

「いっしょに飯を食おう」

騒ぎがすっかり収まり、野次馬となった人足たちが散るときに、紋造が音次郎に声をかけてきた。

五

音次郎と紋造は炭団干場の前にある長腰掛けに座っていた。夕餉のあとのことだ。

人足のほとんどが長屋に引き取っているので、近くに人の姿はあまりない。

空はようやく暮れはじめていた。

「それじゃ、おまえを使っていた町方の囮《おとり》に使われたというのか？」

「そういうことだ。だから、おれは町方の役人は金輪際信用しねえ。おかげで仲間を死なせることになった」

「その捕り物のときおまえは何をしていたんだ？」

「おれは見張りだ。そんとき仲間は引き込みをしていたんだが……」

引き込みとは盗賊が入る家や店に、前もって段取りをつけて、盗賊らが入りやすくする役目のことをいう。

「……一年半前のことだ。殺されたのは弥助《やすけ》というやつでな。上州から江戸に来てふらふらしているときに知り合ったんだが、おれと妙にうまが合った。町方の野郎にうまく丸め込まれて手先になったが、まさか盗賊を捕まえるためのダシに使われるとは思いもしなかった。ひでえ話だ」

「使っていた町方は何という名だ？」

「北町の定町廻《じょうまちまわ》り同心で佐伯《さえき》って野郎さ」

紋造は佐伯という同心がよほど憎いのか、野郎呼ばわりだ。

「おまえが殺されかかったのなら佐伯に相談すればよかったんだ」

「したさ。だが、野郎は用心棒のことには取り合わず、おれたちを囮に使うつもりはなかったと空とぼけやがった。殺されたのはその晩だ」

「殺された……？　佐伯がか？」

「ああ、八丁堀の家に帰るところで辻斬《つじぎ》りにあったんだ。ざまあみろと思ったよ。てめえの手柄を立てるために、おれと弥助を囮にしたんだからな。だが、その明くる日だったか、例の野郎がおれの前に現れやがった」

「例の用心棒か」

紋造は首筋をかきながら、そうだといって、地面に唾を吐いた。

「やつは弥助を殺すときにおれのことを知ったといった。だからおれを生かしておくわけにはいかないとな。正直震えあがったが、おれは必死になって逃げた。大川端まで走り、そのまま川んなかに飛び込んで、命拾いしたんだ。江戸から逃げることも考えたが、やつらはどこを歩きまわるかわからねえ。ちょうど、そのころこの寄せ場ができたことを知って願い出たんだ。そのうちほとぼりが冷めれば、やつもおれのことを忘れると思ってな」

「話は戻るが、おまえは町方の手先として要蔵らが押し入るのを見張っていたのか、それとも……」

「町方の手先としてだ。だが、そのときの賊は要蔵一味じゃない。要蔵と組んで盗み働きをしていた鐙坂《あぶみざか》の庄五郎《しょうごろう》という賊だ。あの用心棒はその庄五郎が使っていたんだ」

「なぜ、そんなことを……」

「この寄せ場にくる前に、庄五郎に誘われていた男に会ったんだ。おれと同じ無宿もんだから目をつけられたんだろうが、やつはうまく誘いを断ったらしい。何せ、おれの口から聞いた男に声をかけられたんだから、怖かったんだろう」

「しかし、その用心棒がどうして雷の要蔵に……」

「大方、寝返ったんだろう。どうせ金目当ての用心棒稼業だから、一文でも多くくれるほうに転がるのはよくあることだ」

「おまえが斬ってほしいというその用心棒の名は？」

「……辻銀次郎《つじぎんじろう》という。仲間内じゃ天神《てんじん》の銀《ぎん》で通っている」

「天神の銀……」

音次郎は遠くの空を見た。

「あんたは頼れそうだ。おれは先にここを出て、あんたを待つことにする」

「それでいいのか……」

音次郎は紋造を見つめた。

「あんたの腕はたしかなようだ。さっきの立ち回りを見りゃ、だいたいわかる。何度も修羅場をくぐってきたから、そいつが強いか弱いかぐらいわかるさ」

「まあ、頼られるのは嬉《うれ》しいが、まだ先の話だ」

「なに、月日がたつのはあっという間のことさ。おれがここを出るまで、よろしく頼むよ」

「しかし、雷の要蔵の隠れ家でも知っているのか?」

「知らねえ」

「それじゃどうやって天神の銀を捜す?」

「鐙坂の庄五郎に会えば、自ずとわかることさ」

「庄五郎の居所は知っているってわけか」

「おれは知らねえ。だが、さっき話しただろ。庄五郎に誘われた男のことを……」

「…………」

音次郎はつぎの言葉を待った。

「浅草界隈《かいわい》で草鞋《わらじ》を売り歩いている与市《よいち》って男だ」

「……それじゃおまえは、ここを出たら与市に会うというわけだ」

「他に頼るやつもいねえし、気心の知れているのは与市しかいない。寄せ場を出たら、やっと小さな店でもやろうかと思う」

「……店か……」

つぶやいた音次郎だが、その言葉には意味はなかった。暮色の濃くなった空を見あげて、他のことを考えていた。そのことを口にした。

「天神の銀をおれに斬れというが、ただというわけにはいかぬぞ」

これは紋造に、自分がその気になっていると思わせる科白《せりふ》であり、変に疑われないためであった。

「金は払う。あんたが出てくるまで、ちゃんとその手配はしておく」

紋造はどこかに金蔓《かねづる》を持っているのかもしれない。

「安くないぞ」

「都合がつけば十両でも二十両でも払ってやるさ」

そういってから紋造は、「さあ、行くか」と、腰をあげた。

「今のことは内緒だぜ。寄せ場の役人も町方も信用がおけねえ。そんな話をやつらの耳に入れられたら、どうなるかわからねえからな」

「他人にいうつもりなどないさ」

音次郎も腰をあげた。

翌朝、普請場に向かう門の前に立っていた同心の川北が、いつものように表情のない顔を音次郎に向けてきた。

音次郎は用事はすんだということを目顔で伝え、うなずいて見せた。すると、川北が眉をぴくりと動かして一歩前に出た。

「佐久間、これへ」

呼ばれた音次郎はそばへゆくと、声をひそめた。

「終わりました」

「……そうか、ご苦労だった。昼の船で送るから長屋で待て」

「承知。その前にちょっと……」

そういって、音次郎は門の外に出た紋造を追いかけて声をかけた。

「どうした？」

「作業場が変わるらしい」

「なら、そっちへ行くんだ」

「紋造」

行こうとした紋造を引き止めた。

「なんだ？」

「例の件は必ず果たしてみせる。約束だ」

音次郎は別れのつもりでいった。紋造は一瞬首をかしげて訝《いぶか》しそうな顔をした。

「何もこんなところで……」

そのまま紋造は、背を丸めて普請場に歩き去った。

六

浜西晋一郎が通う剣術道場は、鳥越川に近い猿屋町（現・浅草橋三丁目）にあった。江戸で五本の指に入るといわれる無外流の道場で、道場主・阿部宗勝《あべむねかつ》は、徒組《かちぐみ》内では剣の達人としてちょっとした有名人であった。

晋一郎が阿部道場に入門したのも、徒組にいた父・吉左衛門の感化があったからだった。その日、道場では勝ち抜き試合が行われていた。

道場見所には、阿部宗勝がどっかり腰を据えて、試合の様子を眺めていた。勝敗の判定をくだすのは師範代の関孫之助《せきまごのすけ》という印可《いんか》持ちである。

素面であるが、門人たちは怪我をしないように竹編みの胴と籠手《こて》をつけている。

年少である晋一郎の番はすぐにまわってきた。相手は内山《うちやま》という同じ年頃の門人だが、体格で晋一郎を上回っていた。

「よし、はじめッ！」

師範代の声で、二人は蹲踞《そんきょ》の姿勢から立ちあがって青眼に構えた。

晋一郎は右足を前に出し、軸足となる左足のかかとをあげている。

「やあッ！」

気合の声が道場にこだまする。内山も、同じ声で応じる。

剣先がかちゃかちゃと触れ合うが、両者はなかなか撃ち込めない。晋一郎は内山の目を、そして些細《ささい》な足の動き、さらには腕の動きを観察する。これまで三度対戦しているが、一度も勝ったことがなかった。

「きえぇーッ！」

内山が上段に振りあげた木剣を、気合を発すると同時に撃ち込んできた。これまでの晋一郎は下がっていただろうが、今日は左肩をわずかに引くと同時に左足を半分回転させ、腕を右上段に振りあげた。

それだけで内山の木剣は空を切った。その刹那《せつな》、晋一郎は木剣を振り下ろしたが、内山はそれを弾き返した。

晋一郎は一間ばかり飛ばされるようにして離れ、すぐに構え直した。

「どうした！」

見物をしている門弟たちの間から声があがった。

「やあッ！」

晋一郎は気合を入れて、ふーっと息を吐いた。内山が一気に間合いを詰めてきた。

逃げるわけにはいかない。勝ちたい。今日こそは勝ちたい。そんな思いが晋一郎にはあった。内山が鋭い突きを送り込んできた。

かわし切れそうにないと感じた晋一郎は、体を横に開いた。と、同時に内山の体がすうっと沈み込んだ。晋一郎は木剣を上段に振りあげており、そのまま振り下ろせば一本取れるはずだった。

ところが、内山の木剣の動きが早かった。突き出された木剣はそのまま引かれると同時に、横に鋭く振り抜かれたのだ。

ばしッ！

鋭い音と同時に、防具に衝撃があった。胴を抜かれたのだ。

「それまでッ！」

師範代の手が、さっと内山のほうにあがった。

蹲踞の姿勢に戻って礼をする晋一郎は、悔しさに唇を噛んでいた。

自分の席に戻ると、隣に座っている年輩の門弟が、

「どうもおまえには焦りが見える」

と、いった。

「そんなことはありません」

「そうかな。勝ちたいという思いが先走って、体がついて行っていないように見えるのだが……まあ、いずれにしろ地道に修業を積むことだ」

図星をつかれた晋一郎は黙り込んだ。

「筋はいいんだから、もったいない」

晋一郎はもっと大きな体になりたいと思った。

「晋一郎……」

隣の門弟に膝をつつかれて、顎をしゃくられたほうを見ると、道場玄関口に祖父・吉右衛門の姿があった。

目が合うと、吉右衛門は頰をゆるめて、勇気づけるようにうなずいた。

試合は順次進められていった。一回戦で負けてしまった晋一郎は、試合を見守りながら上級者の動きを見て、技を盗もうと目を光らせていた。

勝ち抜きの勝者はやはり、門弟のなかで一番強い小杉《こすぎ》という人だった。晋一郎と最初に対戦した内山は、二人を破り、三人目で負けていた。それでも破ったひとりは、二十歳すぎの大人だったし、体もずいぶん大きかった。

あいつ、どうやってあんなに強いのだろう。せめてやつに勝てるぐらいになりたい。

そう思う晋一郎は、反対側に座っている内山を見た。

試合が終わると、門弟らはそれぞれに道場をあとにした。晋一郎は待っていた吉右衛門のところに行き、

「お祖父《じい》さん、わたしの試合を見ていましたか?」

と、訊《たず》ねた。

「見ていた。惜しいところだった。だが、考えることと体の動きがばらばらだ」

「……そうですか……」

年長の門弟と同じことをいわれた晋一郎はうつむいた。

「晋一郎、その辺であんみつでも食べよう。話がある」

「はい」

晋一郎は吉右衛門についてゆき、鳥越橋に近い茶店に入った。晋一郎があんみつを、吉右衛門はぜんざいを注文した。

「話とは何でしょう？」

晋一郎はあんみつに口をつけたところで聞いた。

「人相書きを作ったのだ」

吉右衛門は椀を置いて、懐から一枚の紙を出した。

それは佐久間音次郎の人相書きだった。

〈佐久間音次郎　三十三歳　背高き方　頑健な体　眉毛濃き方　眼光鋭し　唇厚き方
色浅黒き方　鼻筋通り方〉

似顔絵の横にそのような添え書きがあった。晋一郎はその人相書きを凝視した。

似ているようでもあり、またそうでないような気もする。

「十枚ばかり同じものを作った」

吉右衛門の声で晋一郎は顔をあげた。

「これをどうやって使うのです？」

「その一枚はおまえが持て。お弓さんにも一枚持たせてある」

「残りの人相書きはどうするんです？」

「木戸番の番太に配っておく。足りなくなったらまた新しく作ることにする。何このぐらいの出費はどうってことない。敵を討つためなら何でもするさ」

「役に立てばよいですね」

「うむ。努力は惜しまぬ。いざとなったら賞金を懸けることにする」

「賞金を……」

「そうだ。敵を討つためなら何でもやる。さあ、お食べ」

晋一郎は食べかけのあんみつに箸をつけた。

「お祖父さん、佐久間は強いのでしょうか?」

「やつは東軍流の達人だ」

「東軍流……」

晋一郎にはそれがどんな流派なのかわからなかった。

東軍流は数ある流派のなかでも、もっとも実戦に即した剣法といえた。乱戦となったときに、いかに戦うかという剣術で、敵を斬り倒すことより、相手の戦闘能力を奪うことに重きを置いている。

殺さずとも、相手の腕や足を斬れば、それで勝敗は決したのも同然である。一撃必殺である必要はなく、例えば相手の指を斬り飛ばすだけでも十分だと考えられている。

人は指を切断されれば、通常の動きはできない。相手の動きが鈍くなったとき、とどめを刺せばいいだけのことである。

東軍流は四代将軍家綱《いえつな》の時代に起こされた、比較的新しい流派で、荒くれ流派と恐れられてもいた。

「わたしは強くなりとうございます」

「そうだな、強くならなければ佐久間を倒すことは難しかろう。さあ、そんな気落ちした顔をしないであんみつをお食べ。修業して研鑽《けんさん》を積めば、必ず強くなる」

「ほんとに強くなりますか？」

「おまえはきっと強くなる。爺《じじ》はそう信じている」

吉右衛門はそういって微笑み、言葉を足した。

「明日から、人相書きを持って佐久間を捜すのだ」

いわれた晋一郎は遠い空に浮かぶ雲を眺め、キッと目を厳しくした。

七

きぬは音次郎の帰宅を殊の外喜んだ。

「もっと遅くなると覚悟していたんですよ。でも、早くてよかった。ねえ旦那《だんな》さん、今夜はたくさんご馳走《ちそう》作りますからね」

「頼むよ」

応じる音次郎も、きぬのはしゃぎぶりを嬉しく思っていた。

「それで、何がいいでしょう?」

「きぬが作るものなら何でもいい。まかせる」

「それじゃ買い物に行ってきます」

「きぬ、吉蔵は来ているか?」

「はい、日に三度ばかり顔を出して帰っていきます。昼過ぎに見えたので、夕方にもう一度来ると思います」

「そうか」

「じゃあ、行ってきます」

きぬは笑顔を絶やさず、家を出て行った。

吉蔵に連れられてこの家に来た当初は、暗い陰を引きずっていたが、日がたつにつれ明るくなっていた。それがきぬ本来の性格なのだろう。

音次郎が亀戸村の家に戻ってきたのは、その日の昼下がりだった。鉄炮洲への渡し船の到着が遅く、そうなってしまったのだが、雷の要蔵を追う手がかりをつかんだので、慌てる必要はなかった。

吉蔵がやってきたのは、西日を受けて出来る影が長くなった時分だった。

「お帰りでしたか。昨日あたりだと思っていたんですが……」

「そううまくことは運ばぬさ」

「それでどうでした？」

上がり框《かまち》に腰をおろした吉蔵は、真顔を向けてくる。白く濁った左目が、障子の照り返しを受け輝いていた。

「まず、草鞋売りの与市という男を捜さねばならぬ」

「草鞋売り……」

「浅草界隈で行商をしているらしい」

音次郎はそう応じてから、紋造から聞いたことを詳しく話した。

「それじゃ北町の佐伯さんを殺したのは、天神の銀という用心棒ですか？」

話を聞き終えた吉蔵が、最初に口にしたのはそのことだった。

「紋造は、はっきりとそうだとはいわなかった。ただ、その佐伯に使われていた弥助という男を殺したのは、天神の銀のようだ」

「佐伯さんが殺されたときは、ちょっとした騒ぎになっておりました。北町奉行所は目の色を変えて下手人を捜したんですが、ついに見つけることができなかったんです」

「おまえもその探索に……」

「あっしは傍で見ていただけですが、何しろ同心殺しですから、町奉行所は沽券《こけん》にかけても捜し出すという勢いでした」

「それじゃ北町に教えてやれば喜ばれるな」

「ご冗談を……そんなことしたら、あっしらの仕事がめちゃくちゃになりますよ」

吉蔵は渋い顔をした。

「わかっておるさ。それで、いかがする？ 今から動くか？」

「旦那はお疲れでしょう。今日のところはゆっくり休んでください。あっしがその与市って野郎のあたりをつけておきます」

「甘えてよいか……」

「今日はかまいません。ですが、明日はあっしといっしょに動いてもらいます。朝五つ（午前八時）に雷門前ってことでいかがです」

「よかろう」

きぬが買い物から帰ってきたのは、吉蔵が帰ってしばらくしてからだった。

「旦那さん、今日は腕によりをかけますからね」

「楽しみだな」

台所に立ったきぬは、襷《たすき》がけをして料理にかかった。音次郎はこまめに立ち働くきぬを眺めながら、明日からのことに考えをめぐらした。

与市が見つかれば、鐙坂の庄五郎にはすぐに辿《たど》り着けるだろう。だからといって雷の要蔵にすぐ行きつけるとは思えない。

要蔵は向島の料亭を襲い、金を盗んで逃走しているはずだから、おそらく江戸にはいないだろう。そうなると、またきぬに留守を預けることになる。

きぬは竈《かまど》の前にしゃがんで、火をおこしていた。蔀戸《しとみど》から流れ出る煙が、残照を受けて蜜柑色《みかんいろ》に染められた。

きぬが作ったのは、天麩羅《てんぷら》であった。鱚《きす》に海老、そして牛蒡《ごぼう》と蓮根、長芋である。膳部には香の物も載せ、鯵《あじ》のたたきもあった。料理屋で仲居をしたおり、包丁人から教わったり見様見真似で覚えたらしいが、味はたしかだったし見栄えもよかった。

料理が調《ととの》うと、音次郎ときぬは向かい合って座った。音次郎は、まずきぬの酌で酒を飲んだ。それから天麩羅に箸を伸ばした。

きぬが身を乗り出して、心配そうに見てくる。

「いかがです?」

「……うん、うまい。おまえの料理は格別だ」

「はあ、よかった」

胸をなで下ろすようにいうきぬは、天麩羅は汁だけでなく、自分の好みで塩をつけて食べるのも乙だと教えた。音次郎は言葉に従って、料理を楽しみ酒を飲んだ。

「きぬとこうしていると心が安らぐ」

「わたしも旦那さんがそばにいらっしゃると、安心できます」

「さあ、おまえも……」

音次郎はきぬに酒を勧めた。あまりいける口ではないが、きぬは素直に受ける。食事が進むうちに、きぬは庭に畑を作り野菜や花を植えたいといった。

「いい考えだ。おれも暇なときに手伝おう。よい気晴らしにもなるだろう」

「じゃあ、何を植えるか考えておきます」

「……うむ。また近いうちに家を空けることになる」

そういうと、きぬの顔が曇った。猪口《ちょこ》を膝に置き、うつむきもする。

「危ない役目ですか……」

「そうでないとはいえない。だが、無事に帰ってくる」

「帰ってきてもらわないと困ります」

そういったきぬに、音次郎は視線をからませ、手を差しのべてきぬの華奢《きゃしゃ》な腕をつかんで引き寄せた。それからしっかり抱きとめて、きぬの耳許でささやいた。

「……おれもきぬがいないと困る」


翌朝、浅草寺南にある総門・雷門前で吉蔵に落ち合った音次郎は、早速与市捜しを開始した。昨日のうちに吉蔵は、聞き込みをしたらしいが、与市に行きつくものは何も得ていなかった。

着流しに大小を帯びた音次郎は、深編笠を被っている。このあたりの土地には詳しいが、その分知った顔に出会う恐れがあった。一度死んだことになっているから、知り合いに顔を見られることは許されない。とくに自分がいた徒組のものには気をつけなければならなかった。

吉蔵と手分けをして与市捜しをしたが、朝のうちは何もわからなかった。しかし、昼を過ぎたころ吉蔵が手がかりをつかんできた。

「旦那、奥山に与市らしい男がいると聞きました。行ってみましょう」

奥山は浅草寺境内にある盛り場である。矢場や水茶屋や芝居小屋もある。広場には辻講釈が立っていたり、居合い抜きを披露する芸人がいたり、はたまた曲独楽《きょくごま》をやっているものもいる。

呼び込みの声は引きも切らず、通りは人の波である。広場のあちこちには床見世があり、筵の上に南蛮渡来だという器を並べているものもいる。その一画に、地べたに腰をおろし草鞋を並べている男がいた。

音次郎と吉蔵は同時に気づいた。

「やつか……」

「声をかけてみましょう」

二人は草鞋売りの前に行った。

草鞋売りは客と思ったらしく、

「へえ、らっしゃい」

と、鼻の穴が上を向いた顔に、愛想笑いを浮かべた。

「おまえ、ひょっとして与市って名じゃないか?」

吉蔵がそう聞くと、草鞋売りはすっと笑みを消し、警戒する目つきになった。

「どうなんだ?」

「……へえ、何の用でしょう？」

「ここでは何だ。ちょいとその辺で話を聞かせてくれ」

第三章　丸屋

一

「鐙坂《あぶみざか》の庄五郎という男を知っているな」

音次郎の問いかけに、与市は驚いたように目を丸くした。

「そんなことを誰に……？」

「紋造という男を知っているだろう。おまえと馬が合うといっていた」

「……ど、どこで紋造さんと……あの人は人足寄せ場にいるんじゃ……」

「そうさ。その寄せ場で会って話を聞いてきたのだ」

「ほんとですか？」

「嘘《うそ》をいってもはじまらぬ。何もおまえをどうこうしようというのではない。知っていることを教えてくれればいいだけのことだ。鐙坂の庄五郎にはどこで声をかけられた？」

「どこって……」

与市は膝《ひざ》をつかんで、しばらく躊躇《ためら》った。臆病《おくびょう》そうに視線を泳がせもする。

音次郎はじっと待った。

三人は奥山にある楊枝店《ようじだな》という場所の茶店にいるのだった。このあたりは楊枝をひさぐ店が多く、いつのころからか楊枝の名産地になっていた。なぜか柳家という屋号が多い。

振り袖《そで》姿の娘二人があちこちの店を物色して歩いていた。僧侶《そうりょ》のあとをついて歩く小僧もいれば、お上りとおぼしき旅姿の老人も見られた。

「おまえのことは誰にもいわぬ。どこで会った？」

音次郎の催促の言葉に与市はゆっくり顔を戻し、二度ばかり目をしばたたかせた。

「あっしのことは誰にも、何もいわないでくださいよ」

「約束する」

「花川戸の小さな賭場《とば》でした。やけに気《き》っ風《ぷ》のいい男がいるなと思っていたら、あっちから声をかけてきたんです。いえ、あっしの賭《か》け金《がね》が底をついたので、都合してやると」

「……それで」

「金を借りて勝負したら勝ちまして、それで金を返したのが縁でした。あの親分の家に何度か出入りするようになり……」

音次郎は目を細めた。

「庄五郎の家を知っているのだな」

「いえ、今はもういません」

「どこへ行ったかわかるか？」

「たしかじゃありませんが、おそらく板橋だと思います。板橋のどこかはわかりませんが、そんなことを耳にしましたので……」

「それは誰に聞いた？」

「今戸に丸屋って小間物屋があります。その気になったら面倒を見てやるから、その店に行けといわれているんです。材木堀の近くですから、行けばわかります」

「すると、その丸屋は庄五郎の息のかかったものが……」

「そうだと思います。おまさって女がひとりで仕切ってますが、裏に時右衛門《ときえもん》という爺《じじい》がいます。その二人に聞けばわかるでしょうが、簡単にはゆきませんよ」

音次郎と吉蔵は顔を見合わせた。

「……辻銀次郎という男を知っているか？　天神の銀という通り名のある用心棒だ」

「聞いたことはありますが、顔は知りません。紋造さんを殺そうとした男です」

「おれは紋造に、その天神の銀を斬《き》るように頼まれている」

与市の目が驚いたように見開かれた。

「お侍さんが、ほんとに……それじゃ天神の銀を斬るために、庄五郎親分を捜しているんですか？」

「おれが会いたいのは雷《いかずち》の要蔵だ」

「雷の……会って、どうするんです？」

音次郎は何も答えなかった。

その後、いくつかのことを訊《たず》ねたが、与市は何も知らなかった。

「商売の邪魔をして悪かった。何かあったら、また訪ねてくるかもしれぬ」

音次郎は与市に心付けを渡して茶店を離れた。

「丸屋に行きますか？」

奥山を抜けながら吉蔵がいう。

「うむ」

人波を縫うように二人は歩くが、通行人は決して褒められた人相でない吉蔵に気づくと、逃げるように道の脇《わき》によける。人相もそうだが、吉蔵は小男ながらがっしりした体をしているので、何ともいえない威圧感を他人に与えるのだ。

「吉蔵。役目もそうだが、おれの頼みを忘れているわけじゃないだろうな」

音次郎がそういったのは、浅草寺境内から馬道に出たときだった。

「……旦那《だんな》、あっしはいわれたことはちゃんとやっております。囚獄も手を打っておりますから、いずれ何かわかるはずです」

吉蔵が蝦蟇《がま》のような目で、じろりと見てきた。

「……あてにできるのはおまえたちだけなのだ」

「わかっておりますよ」

二人は馬道から日本堤に出た。今戸町はその堤を越えたところ、山谷堀につながる音無川沿いの町屋である。すぐ先に吉原があるので、このあたりはその客を当て込んだ茶屋や小料理屋も多い。

音無川は初夏の空を映し、きらきら輝いていた。

材木堀は鷭御場《ばんおんば》といわれる、幕府の御用野に挟まれた音無川の澱《よど》みをいう。鷭御場には季節によって水鶏《くいな》や真鴨《まがも》などの渡り鳥がやってくる。

目当ての丸屋は与市がいったように、材木堀のすぐそばにあった。

ただし、暖簾《のれん》はあがっておらず、戸も閉められたままだ。奥行きはありそうだが、間口二間半の店であった。

音次郎は店を眺めただけで、素通りした。

「どうする……？」

「与市はおまさって女が店を仕切り、時右衛門という爺がいるといいました。庄五郎の仲間でしょうから、うまく話を持っていかないと口は割れないでしょう」

もっともなことだった。

「……しばらく様子を見るか」

「そうしましょう」

音次郎は先に小腹を満たしておこうと、目についた菜飯屋に入った。この店の菜飯は思いの外うまくて驚いた。吉蔵はお代わりをしたほどだ。

菜飯は湯通しした青菜を刻み、炊きたての飯に混ぜるだけだが、塩の加減次第で味が変わる。それに飯を炊くとき、隠し味で使う昆布や酒の加減も微妙である。

「鐙坂の庄五郎についてわかっていることはあるのか？」

菜飯を食い終わったところで、音次郎は朝から気になっていることを聞いた。昨日、庄五郎のことは吉蔵に伝えているので、そつなく調べているると思っていたのだ。

「紋造が語ったように、もとは要蔵と組んで盗みばたらきをやっていたようです。どうして袂《たもと》を分かったのかわかりませんが、庄五郎は要蔵のような強引な盗みはやらないといいます」

「捕まったことは？」

「要蔵も庄五郎も一度も縄をかけられたことはありません。わかっているのはそんなところです」

「手下の数もわからないわけか？」

「二十人とか五十人とか、まちまちです。縄にかかった賊の一味は、どれも下っ端ばかりで肝腎《かんじん》なことは何も知らないんです」

音次郎は湯呑みのなかに視線を落として考えた。

庄五郎は辻銀次郎という用心棒を失っている。自分がその代わりになるというのはどうだろうか……。思ったことを吉蔵に話すと、

「妙案です」

と、気に入った顔をした。

二

丸屋のそばで、店のことを聞くと、

「やる気があるのかないのか、店は開けたり閉めたりで、よくそれで商売がやっていけるもんだと、みんな不思議がっているんですが、ときに上等な品物が安く手に入るんで、客が逃げないんです。わざわざ丸屋に買いに来る日本橋の大店《おおだな》もあるぐらいですから」

暇を持てあましていた糀屋《こうじや》の亭主はそんなことをいった。

「今日は店を開けるかな？」

「さあ、どうでしょう。ひょいと夕方近くに暖簾を上げることもありますから」

音次郎と吉蔵は待つことにした。

南の空に昇った太陽は、徐々に高度を落とし、西に移ってゆく。

待った甲斐《かい》はあった。

八つ半（午後三時）の鐘が鳴って間もなくして、店を開ける女がいたのだ。買い物にでも行ってきたらしく、手に風呂敷包みを抱え持っていた。

それがおまさだろう。もっと年のいった女だと思っていたが、三十路《みそじ》に手が届くか届かない年頃《としごろ》に見えた。襟足がきれいで、どちらかというと美人のほうだろう。小柄だが、肉置《ししお》きのよさが傍目《はため》にもわかり、男好きのする女だ。

女は店に入ると、すぐに暖簾を上げて引っ込んだ。柿渋色《かきしぶいろ》の暖簾には、ただ「〇」という絵が染め抜かれているだけだった。

「吉蔵、ここから先はおれがやってみよう。二人だとあやしまれかねない」

「まかせます」

音次郎はしばらくして丸屋を訪ねた。

店は小振りながら小ぎれいにしてあった。商品はどこの小間物屋にもある笄《こうがい》・櫛《くし》・簪《かんざし》・紅・元結《もとゆい》・白粉《おしろい》などだが、どこから仕入れるのか舶来とおぼしきものが揃《そろ》っている。

ざっとそれらを見渡してから女に目を向けた。女は客が来たというのに、文机《ふづくえ》に頬《ほお》杖《づえ》をついて読本に耽《ふけ》っている。

「ここの主は？」

声をかけると、女は気だるそうに顔をあげた。

「商売っ気のない店だな」

「皮肉だったらよそでお願いしますよ。ここはあたしの店なんですけどね」

　顔に似合わず鼻っ柱が強そうだ。

「ほしいもんがあったら安くしておきますよ」

「ほしいものはない。話があってきたのだ」

「……話？」

「おまさってのはおまえさんのことかい？」

　女の目が丸くなった。ついでに魅力的な唇も。

「どうしてあたしのことを？」

「近所で聞けばわかることだ。だが、話はそんなことじゃない。おれを用心棒として雇ってくれるやつを捜している。……ここに来れば何とかなりそうだと思ってな」

「なぜ、うちに？　いったい何の話です？」

「直截《ちょくせつ》にいえば、この店は鐙坂の庄五郎という男が後ろ盾になっていると聞いた」

「……誰に、そんなことを？」

　おまさは驚いていた。

「蛇《じゃ》の道は蛇という。おれもそっちのほうで、ちょいと世話になっていたからな」

「人聞きの悪いことを。あたしゃ、鐙坂の何とかって男なんざ知らないよ」

はすっぱなものいいをする女だ。音次郎は勝手に框《かまち》に腰をおろした。

「白ばくれなくてもいいだろう。……わかっているんだ」

じっと、おまさを見ると、まっすぐ見返してきた。目の大きさに合わせたように、睫毛《まつげ》が長い。

「庄五郎につないでくれないか？」

「あんた名は？」

「音次郎だ。編笠の音次郎で通っている」

自分の深編笠を見て答えた。

「きっと役に立つと思うんだがな……」

おまさから視線をそらさず言葉を重ねた。おまさの目がわずかに動いた。躊躇《ためら》っているのがわかる。

「その筋から聞いたといっただろう。疑うのはそっちの勝手だが、会って話だけでもさせてくれ」

「……面白い人だね、あんた」

おまさは、ふっと息をついてからそういった。

「あたしには何のことだかさっぱりだ。客じゃないんだったら帰っておくれよ」

音次郎はさっと手を伸ばして、おまさの片手をつかんだ。びくっと、身を引いたおまさの顔がこわばった。

「……わかっているんだ。つないでくれ」

おまさは息を呑んだ顔で、しばらくまばたきもしなかった。

店の表を通ってゆく蚊帳《かや》売りの声がした。

「それじゃもう一度来なよ。人に聞いておくから」

「いつだ？」

「……今夜、六つ半（午後七時）過ぎ」

おまさはしばらく考えてからそういった。

丸屋を出た音次郎は、おそらく危ないことになると感じた。

町屋を出て日本堤に登ると、どこからともなく吉蔵が現れ、後ろについて歩きはじめた。

「何とかつなぎがつきそうだ」

「それじゃどうします？」

「これから先はおれひとりの仕事になるだろう。六つ半におまさが誰かを引き合わせるはずだ」

「……それじゃ、終わったら名無し飯屋で落ち合いましょう。あっしは先にいって旦那を待っています」


音次郎は適当に時間をつぶしてから丸屋に戻った。すでに夜の帳《とばり》は下りており、町屋には提灯《ちょうちん》の明かりが目立つ。当然、丸屋の暖簾は下ろされており、戸締まりもしてあった。だが、店のなかには明かりがある。

戸をたたき、声をかけた。おまさの声がすぐに返ってきた。

「編笠の音次郎だ」

下駄音がして、戸障子が開けられた。おまさは下から上目遣いに見てくる。

「つないでくれたか？」

「知っている人が来るから、その人についていっておくれ」

「かたじけない。それじゃ待たせてもらおう」

音次郎は差料《さしりょう》を抜いて、図々しく框に腰をおろした。おまさが茶を淹《い》れてくれた。裏の勝手口を開けてあり、そこから涼しい風が吹き込んでいた。

「あんた、どうなってもあたしゃ知りゃしないよ」

「この茶はなかなかうまい」

たしかにうまかったのだ。

「安もんなんか飲みたくないからね」

他愛もない話をしていると、裏の勝手口に人影が立った。音次郎がそっちを見ると、相手も黙って見返してきた。それから、土間に入ってきて、

「編笠の音次郎ってのはあんたかい？」

「そうだ」

「鐙坂の庄五郎に会いたいんだって……」

男の顔は薄い行灯《あんどん》の明かりに照らされているが、半分しか見えない。まだ、若い男だ。目つきはよくないし、その目はそこはかとなく冷たく暗い。

「用心棒をほしがっているんじゃないかと思ってな」

「ふん。食えねえことをいいやがる」

「どうすればいい？」

男は一度おまさと顔を見合わせてから、顎《あご》をしゃくった。

「ついてきな」

音次郎は男のあとについて、勝手口から表に出た。空一面に星が散らばっていた。新月なので星の明るさが際だっている。

「腰のものはまさか竹光じゃねえだろうな」

しばらく行ったところで、男が声を漏らした。

「業物《わざもの》だ」

「ふん、腕がなまくらだったら竹光と同じだ」

「貴様の名は？」

「……寅吉《とらきち》」

「どこへ連れてゆく？　庄五郎のところか？」

道はだんだん細くなっていた。町屋からも離れている。材木堀を過ぎたあたりだった。この先は田圃《たんぼ》と畑だ。茂った木立があり、道の脇には藪《やぶ》も多い。

音次郎は背後に人の気配を感じた。二人、三人……四人か……。先を歩く寅吉に目を向けたまま、背後に注意を配った。

道が二股《ふたまた》に分かれるところに地蔵堂があった。そこに差しかかったときに、背後にいたものたちが足を速めた。音次郎は刀の柄《つか》に手をやると、鯉口を切った。

直後、ひとりが背中を斬りに来た。音次郎はすっと腰を落とすなり、半回転して刀を抜きざまに振り切った。

どすっ、と鈍い音が闇夜《やみよ》に広がった。わざと帯を斬ったのだ。だが、男は前のめりに倒れ地面を転がった。つづいて、左と右から挟み打ちをするように斬りかかってきたものがいた。戦い方を知らない襲撃だ。

音次郎は前に行くと見せかけ、素早く体を後ろに引いた。案の定、男たちは同士討ちをしそうになり、あっと、短い悲鳴を発した。

音次郎はその二人の腕を電光の速さでたたいた。

「うわッ」

「いたッ」

二つの悲鳴が重なった。二人は片膝を地面につけ、打たれた腕を押さえていた。

かちゃっと、刀を返した音次郎は、その切っ先を寅吉に向けた。寅吉は懐に片手を忍ばしていた。短刀をつかんでいるのだろう。

「おまえもやるか?」

「……いや」

寅吉は首を振って、仲間を見た。

「斬ってはおらぬ」

「……たしかにあんたは見込みがありそうだ」

「どうする?」

「明日の昼過ぎ、もう一度さっきの店に来てくれ。そのとき返事をする」

寅吉は仲間に声をかけて、そのままどこへともなく去っていった。

三

六間堀川に架かる山城橋のそばに、看板も暖簾も出ていない目立たない店がある。土地のものは〝名無し飯屋〟と呼んでいる。入口の戸障子に、○に飯とかすれた字があるだけだ。客はその日暮らしの日傭取《ひようと》りや、あまり金のなさそうな浪人がほとんどだ。

音次郎がその店に行ったのは、宵五つ（午後八時）過ぎだった。吉蔵が店の隅で待っていた。

「どうでした？」

「やはり、おまさは庄五郎とつながっていそうだ。寅吉という男が現れ、おれに闇討《やみう》ちをかけてきた。おそらく試しただけだと思うが……」

音次郎はそのときのことをざっと話してやった。

「それじゃ明日、その寅吉が庄五郎のもとへ案内してくれるってことに……」

「どうかわからぬが、そうなるだろう」

「旦那ひとりで大丈夫ですか？」

「もとよりそのつもりだ。いらぬ心配は無用だし、おまえもそのつもりだったのではないか」

「ま、たしかに……」

吉蔵はずるっと茶を飲んだ。

「ともかくあとのことはおれひとりでやろう」

「何かできることがあったらいってください」

「今は何もない。おまえには、例の下手人捜しをやってもらいたい」

「……わかりました。助《すけ》がいるようでしたら、牢屋敷門前の叶屋《かのうや》という差入屋に使いを出してください」

「誰あてにだ？」

「あっしでかまいません」

「……わかった」

翌日、亀戸村の家を出たのは、昼四つ（午前十時）前だった。

「……今日からしばらく留守をすると思う」

木戸を出たところで、音次郎はきぬを振り返った。

「しっかりお役目を果たして帰ってきてください」

覚悟ができていたのか、きぬはいつになくしっかりした顔でいった。

「うむ。では、行ってまいる」

音次郎はそのまま歩きだしたが、いつまでもきぬの視線を背中に感じていた。

今日も天気がよい。

木々の葉は色を濃くしており、風が吹くたびに白い葉裏をのぞかせた。

今日の出《い》で立ちは野袴《のばかま》に草鞋履きだった。深編笠はいつものとおりである。

竪川沿いに歩き、二ツ目之橋を右に折れて大川沿いの道に出た。あとは吾妻橋を渡って浅草に入り、そのまま丸屋をめざす。

寅吉が鐙坂の庄五郎の一味なのかどうかわからないが、今は成り行きにまかせるしかなかった。

丸屋に着いたのは、約束の刻限より早かったが、おまさは黙って店のなかに入れてくれた。店は開けておらず、暖簾はしまわれたままだ。

「じき、寅吉さんがやってきます」

おまさは表戸に心張り棒をかけながらいう。奥の居間にひとりの男がいた。目を合わせると、煙管を一吹きして、

「物好きな男というのはあんたのことかい？」

と、しわがれた声でいった。胡麻塩の髷《まげ》にはきれいな櫛目《くしめ》が通っていた。おそらく与市が口にした時右衛門だろう。

「いったい誰から、この店のことを聞いたんだね」

時右衛門は言葉を重ねた。

「それはいえぬ。おれの口はそう軽くないのでな……」

「口が堅いのはいいことだ。見込みのありそうな面構えをしておる」

音次郎はおまさが淹れてくれた茶に手を伸ばした。

「寅吉から聞いたが、腕はたしかなようだな」

また時右衛門が声をかけてきた。

「あの手合いに負けては、用心棒は務まらぬ」

「……たしかに、そうだろう」

時右衛門は灰吹きに煙管の雁首《がんくび》を打ちつけて、煙草の灰を落とした。

「おまさ、この男は使えるかもしれぬな。素性はよくわからないが……」

「お頭《かしら》が決めることに、あたしゃ何も口は挟みませんよ」

おまさはそういって、裏の勝手口から表をのぞき、

「来ましたよ」

と、音次郎を振り返った。

それからすぐに寅吉が姿を見せた。着流しの襟を大きく広げ、上目遣いに剣呑《けんのん》な目を向けてくる。

「昨夜はいいご挨拶《あいさつ》だったぜ」

「それはこっちの科白《せりふ》だ。鐙坂の庄五郎には会わせてくれるのだろうな」

「お頭もおめえさんの面を見てみたいとおっしゃってる。ついてきな」

寅吉は顎をしゃくった。音次郎は湯吞みを置いて立ちあがると、時右衛門を一瞥《いちべつ》して寅吉のあとに従った。

「あの爺《じい》さん、何ものだ?」

「ご隠居だよ」

寅吉は短く答えて、日本堤に出て足を急がせた。吉原を横目にそのまままっすぐ歩く。

陽気がよいので、しばらくすると汗ばんできた。

「どこまで行く？」

「黙ってついてくりゃわかるさ」

寅吉はちらりと振り返って答える。音次郎は口をつぐんだ。

音無川に延びる日本堤は、やがて三之輪村で日光道中にぶつかる。寅吉はその手前にある浄閑寺の脇道に入った。この寺は〝投げ込み寺〟と呼ばれている。苦界《くがい》に生きた吉原の遊女が葬られるからである。

寅吉が足を止めたのは、浄閑寺から一町ほど行った一軒の小さな家だった。藁葺《わらぶ》きの百姓家だ。表に二人の男が地べたに座っていたが、音次郎と寅吉の姿を見ると、さっと立ちあがった。

「連れてきた」

寅吉がそういうと、ひとりが玄関まで走ってゆき、腰高障子を引き開けた。

音次郎は一度立ち止まってあたりを見まわした。水を引き込んだ田が初夏の日射しを照り返していた。燕《つばめ》がその田の上を飛び交っていた。家には槇《まき》の生け垣がめぐらしてあり、前庭には雑草がはびこっていた。縁側は開け放されている。

「入れ」

寅吉が顎をしゃくった。

音次郎は土間に入って、足を止めた。

暗い座敷にひとりの男があぐらをかいていた。半纏《はんてん》を肩に引っかけており、じっと音次郎に目を注いでくる。

「用心棒になりたいってのはあんたかい」

「鐙坂の庄五郎か？」

「そうだ」

四

庄五郎は頭に思い描いていたような男ではなかった。

何より年が若い。おそらく二十代半ばではなかろうか。それに色白で目鼻立ちが整っている。役者にしてもいいぐらいだ。

ただし、障子越しのあわい光を受ける目は鷹《たか》のように鋭い。

「あがってくれ。その前に腰のものは預からせてもらうぜ」

音次郎は寅吉に大小を渡して座敷にあがった。庄五郎が探るような目を向けてくる。

単なる品定めの目ではない。人の心の内を読みとろうとする、怜悧《れいり》な眼差しだ。

「……こんなことは初めてだ」

　つぶやくような言葉を漏らす庄五郎は視線を外さない。

「誰に聞いてここまで来た？　蛇の道は蛇だとうそぶいたそうだが……」

　音次郎は間を取った。下手なことをいえば、すぐに見抜かれるだろう。庄五郎が思慮深く油断のない男だというのは、雰囲気でわかる。

　どこかで鶏の鳴く声がしていた。

「いわなければならぬか？」

「教えられないわけでもあるのかい？」

「……向島の料亭・花膳を襲った賊がいる。雷の要蔵一味だ。その一味とつながっていた火盗改めの同心がいる」

　庄五郎のこめかみのあたりが、ひくと動き、目に輝きが増した。

「その同心の手先が殺された。ここまでいえば察しがつくだろう」

「いや、つかないね」

　庄五郎は用心深い。曖昧《あいまい》なことは許さないという目を向けてくる。音次郎は忙しく考え、間を置かずにつづけた。

「手先は小糠《こぬか》の金次という。この男をおれは直接知らないが、金次の知り合いに紋造という男がいる。こいつからおぬしの名を聞いたのだ。ただし、紋造はおぬしに会ったことはないといいはしたが……」

紋造は人足寄せ場にいる。名を出しても危害は及ばない。

庄五郎は顎をそっと撫《な》でて、舌先で唇をなめた。

「それじゃ天神の銀のことを聞いたんだな」

音次郎はうむと、うなずいた。すると、茶が差し出された。持ってきたのは相撲《すもう》崩れのように、やけに体の大きな男だった。

「紋造も金次も捕り方の手先だった。おれたちの天敵だ。そいつらと、編笠の音次郎さんはつながっているってわけだ。そうなると、あんたも町方か火盗改めの息がかかっているってことじゃねえか」

「そう見えるか?」

「さあ、どうだろう。冷めないうちに茶を……」

庄五郎はそういって肩にかけていた半纏《はんてん》を、さっとかけ直した。音次郎は湯呑みに手を伸ばした。その刹那《せつな》だった。

茶を持ってきた大男の太い腕が首にまわされ、うしろに引き倒されたのだ。見事に不意をつかれた恰好だった。仰向けに倒された音次郎は、首を絞められ、両腕をきめられていた。抗《あらが》うことのできない状態だ。

「調べろ」

庄五郎の指図で、寅吉が音次郎の着衣をまさぐりはじめた。身動きできない音次郎は観念してじっとしているしかなかった。どうせ、疑《うたぐ》られるようなものは持っていない。

「何もありません」

寅吉が検《あらた》め終わって庄五郎に告げた。

「藤次《とうじ》、放してやれ」

庄五郎の指図で、音次郎の首を絞めていた腕が離れ、ついできめられていた両腕も自由になった。音次郎はゆっくり半身を起こし、きめられて痺《しび》れた腕をさすりながら大男の藤次を眺めた。

「馬鹿力だな」

赤ら顔の藤次は、だぶついた頬《ほお》に小さな笑みを浮かべた。

「手荒なことをしてすまねえが、あんたをすぐ信用するわけにはいかねえ。だが、しばらく付き合ってもらうぜ。ここまで来て、はいさいならじゃ具合が悪いんでな」

庄五郎が煙管を手にしていった。

「どこにも行くあてのない身だ。置かせてもらえるだけでも助かる」

「今夜は酒でも飲もう。あんたともう少し話をしてみたい」

「望むところだ」

その日は静かに刻《とき》が流れていった。

太陽が傾き、空に夕焼けができるころ、座敷に酒肴《しゅこう》が調えられた。料理をしたり、酒をつけるのは藤次である。藤次のことを相撲崩れではないかと思っていたが、やはりそうであった。もっとも市中の相撲部屋にいたのではなく、生まれた下総《しもうさ》の村相撲で大関になったという程度だ。

庄五郎の下には寅吉と藤次の他に、四人の男が住み込んでいた。つまり音次郎を入れると八人という所帯になる。

「音次郎さん、あっちへ」

寅吉の態度が変わっていた。まだ用心棒と決まったわけではないが、とりあえず庄五郎が受け入れてくれたからだろう。

膳部には小鯛《こだい》の煮付け、蒲鉾豆腐《かまぼこどうふ》、鮑《あわび》と海老の入った玉子の貝焼きが載っていた。たいしたものだ。藤次は料理人になったほうがよかったのではないかと思った。お世辞抜きでそんなことをいってやると、

「おれは浅草の料理屋の板場にいたんだ」

藤次は照れ笑いをした。体は大きいが、気は小さいのかもしれない。

「音次郎さん、どこで修業してきたんだね？」

酌をしながら庄五郎が聞いてきた。

「剣術を仕込んでくれたのは義理の父親だ。おれは妾腹の子だったが、義父は厳しく教えてくれた」

「義父というのは……？」

「関宿藩で使い番をしていた」

「それじゃ久世《くぜ》家に……」

庄五郎は藩主の家名を口にした。

「そうだ。だが、妾腹の子だから仕官はできなかった。母親が死んだあとは諸国を渡り歩いての道場荒らしだ」

音次郎は昼間考えたことを、いかにももっともらしく口にしていった。

江戸に出てきてからは幾人かの旗本家に抱えられ、食い扶持《ぶち》をしのいだといった。

当然、庄五郎はその旗本の名を聞いてきたが、これにもすらすら答えた。自分と同じ徒組にいた旗本ではなく、縁もゆかりもない旗本だった。相手が旗本では、いくら用心深い庄五郎でも調べは及ばない。

ひととおりの問いかけがすむと、庄五郎は自分のことを話していった。

「こうやって向かい合って酒を飲むんだからいうが、おれは雷の要蔵に仕込まれた男だ。だが、やり方が気に食わなかった。だから離れたのさ」

「どう気に食わなかったんだ？」

音次郎はまっすぐな視線を庄五郎に向けた。

「無駄な殺しが多すぎるのさ。あんたも向島の一件を知っているならわかるだろう。盗みをするために、血を流すことはねえ。要蔵は口封じのためだというが、後味が悪くてしょうがなかった」

庄五郎は要蔵を呼び捨てにして言葉をつないだ。

「おまけにおれのことを疑りはじめ、その挙げ句おれの用心棒を横取りしやがった。銀次郎の野郎も野郎だが、要蔵はやることが汚な過ぎる」

「おぬしは殺しはやらないと……」

「無闇に殺《あや》めることはねえだろう。そりゃあ、どうしようもないときもあるが……」

「いつ要蔵から離れたんだ？」

「もう二年ばかりたつかな……」

そういって庄五郎が酒をあおったとき、土間に入ってきた男が声をかけてきた。

「おれも仲間に入れてもらうぜ」

丸屋にいた時右衛門だった。おじきと、庄五郎が声を返した。

「おじき……？」

音次郎は庄五郎と時右衛門を交互に見た。

「昔は時雨《しぐれ》の勝蔵《かつぞう》という名だった人だ」

庄五郎がそういうと、時右衛門がそばに腰をおろした。さらに庄五郎は言葉を足した。

「ずっと独《ひと》りばたらきをやってきた人だ。今は隠居の身だが、そっちの道じゃおれなんか足許にも及ばねえ。縄にかかったことも一度もないしな」

音次郎はあらためて時右衛門を見た。

独りばたらきとは、仲間とつるまず、単独で盗みをやることをいう。

「おじきにはいろいろ教えられる。要蔵とは雲泥《うんでい》の違いだ。さあ、おじき好きなだけ飲みねえ」

庄五郎は時右衛門に酒をついでやった。どうやら庄五郎は時右衛門の指導を仰いでいるらしい。

「……音次郎さんからは話を聞かせてもらったが、悪くない気がする」

「簡単に信用するもんじゃないぜ。だが、ここでこうやって酒を飲んだ以上は、編笠の音次郎さんよ」

庄五郎に応じた時右衛門が、音次郎に腹の据わった目を向けた。

「なんだ」

「こうなった以上、庄五郎の仲間から抜けようなんて気を起こすんじゃないぜ。それに一役買ってもらわなきゃならねえ」

「おじき……いいのか？」

庄五郎は意外そうな顔をして時右衛門を見た。

「おまえはどうなんだ？」

「おれは……」

庄五郎は薄闇の下りた庭に目を向けた。それから顔を戻して、

「腕がたしかなら雇いたいと思う」

と、答えた。

「なら、例の件を試しにやってもらうんだな。それで決めても遅くはないだろう」

「たしかに」

「どういうことだ？」

音次郎は二人の話に割って入った。時右衛門が目を向けてきた。

「ひとり斬ってもらいたい男がいる。やってもらうよ、編笠の音次郎さん」

五

その日の稽古《けいこ》を終えた晋一郎は、祖父・吉右衛門と手分けして佐久間音次郎を捜すために歩きまわった。

一度、佐久間に似た男が竪川に架かる一ツ目之橋近くで目撃されているが、それ以降は手がかりになるようなものは何もなかった。

足を棒にして歩きまわっていると、だんだんむなしさが募ってくる。佐久間はすでに死罪の裁きを受け牢屋敷に入れられ、処刑されたと、町方の役人の知らせを受けている。

晋一郎はすっかり夜の帳《とばり》の下りた町屋の通りを歩いていた。はたと足を止めたのは、日本橋南詰めにある高札場の前だった。

ここで町奉行所から牢屋敷に護送される佐久間を見たのだ。役人に囲まれ、小者に縄尻を取られて歩く佐久間は、ややうつむき加減だったが、悪びれた様子はなかった。

それは小雪のちらつく午後で、母・弓といっしょに見送っていたのだった。佐久間の背中が遠のくとき、母は呪詛《じゅそ》のようなつぶやきを漏らした。

「晋一郎、あの男のことを忘れてはなりません。あれが父上を殺した下手人なのですからね。死罪になって地獄に堕ちる男だけれど、憎しみの炎を消してはなりません」

晋一郎は今でもそのときの情景を、瞼《まぶた》の裏にはっきり浮かべることができた。

「坊主、こんなところで何をしておる」

ふいの声に振り返ると、ひとりの侍が立っていた。黒紋付きの羽織を見ただけで、八丁堀同心だと知れた。

「帰るところです」

「家はどこだ?」

「浅草の新堀端です」

「ほう、あっちのほうか。早く帰らないと親が心配するぞ」

「お役人さん」

晋一郎は町方の同心を見あげた。

「なんだ?」

「お役人さんは、捕り方の人ですか？」

「そうだ。本所見廻りをやっている」

「この男を知りませんか？」

晋一郎は懐から例の人相書きを出して見せた。受け取った町方は、近くの店にかけられた提灯《ちょうちん》のそばにゆき、目を凝らした。

「こやつ、何をした男だ？」

「わたしの父を殺した男です」

同心は驚いたように目を瞠《みは》った。

「殺して逃げたのか？」

「いいえ、縄にかかり牢屋敷に送られました」

「それだったら死罪と決まったのだろう」

「死罪になったと聞いたのですが、生きているかもしれないのです」

「生きている……」

同心は白い歯を見せて短く笑った。

「これ、坊主。死罪になったものが生きているわけがなかろう」

「でも生きているかもしれないのです。生きていたら許せません。わたしは討ち取らなければなりません」

「威勢のいいことをいう。坊主、名は何という？」

「浜西晋一郎と申します。お役人さんは？」

「おれは白木正右衛門だ。どれ、見廻りついでにその辺まで送ってまいろう」

晋一郎は白木といっしょに日本橋を渡り、そのまま大通りを進んだ。

「それにしても人相書きまで手配をして、死人を捜すとはな……しかし、なぜ生きていると思うのだ？」

晋一郎は祖父から聞いた話をたどたどしく説明した。

「晋一郎と申したな。憎く思う気持ちはよくわかる。だが、死罪を申し渡されたものは、牢屋敷から出ることはできぬのだ。もっとも磔《はりつけ》や獄門《ごくもん》になるときには、一度牢屋敷を出ることになるが、そのときの罪人は体をしっかり縛られ、逃げることのできない唐丸籠《とうまるかご》で刑場に運ばれてゆく」

晋一郎の話を聞いた白木は、本町三丁目の曲がり角で立ち止まり、諭すようにいって言葉を足した。

「おまえの爺さんは、何か勘違いされておるのだ」

「それじゃ死んでいると……」

「牢を破って逃げたのなら生きているだろうが、そんな話は耳にしておらぬ。人を恨むのもほどほどにだ。論語に犯《おか》さるるも校《こう》せずという教えがある」

晋一郎はきょとんと白木を見あげた。

「他人が自分に対してひどい仕打ちをしても、仕返しをしないということだ。仕返しをしても、かえってむなしさが増すばかりで、ためにならぬということなのだが……おまえの恨みもそれと同じだ。それに、相手は死んだとわかっている人間だ」

「お祖父さんはきっと生きていると……」

白木は口許に笑みをたたえて腰をかがめ、晋一郎の肩に手を添えた。

「牢屋敷で死罪になったものは生きてなどおらぬ。さあ、母上殿が心配するぞ。気をつけて帰れ。これは返す」

白木は人相書きを晋一郎に渡した。

晋一郎はとぼとぼ歩きながら、白木の言葉を思い出していた。

「……あの人のいうことが正しいのなら、どうすればいいんだ」

小さな声を漏らして晋一郎は立ち止まった。通りには夜商《よあきな》いの店の提灯や軒行灯が、夜の闇にぼうっと浮かびあがっていた。

晋一郎は視線を夜空にあげ、遠くの星に語りかけるようにつぶやいた。

「父上、わたしは無駄なことをしているのですか?」

まるでその問いかけに答えるように、すうっと、尾を引く流れ星が現れ、またたく間に消えていった。晋一郎はその空をいつまでも眺めていた。

六

翌朝、音次郎は庄五郎と寅吉といっしょに浄閑寺そばの家を出た。

昨日は汗ばむ陽気だったが、今日は空一面に薄い雲がかかっていた。その雲の向こうにぼやけて見える太陽があった。雨雲ではないので天気は回復するものと思われた。

三人が向かうのは千住大橋を渡った橋戸町であった。そこに音次郎が斬らなければならない男がいるらしい。無闇な殺生はしたくないが、ここで断れば役目は果たせない。

「そろそろ相手のことを教えてくれてもよかろう」

千住宿に入ってから音次郎は庄五郎に聞いた。

聞かずにおれないのは当然のことだった。時右衛門は昨夜人を斬ってもらうといっただけで、それが誰でどんな関わりのあるものか知らされていなかった。

「その先で一休みしよう」

庄五郎は問いかけには答えずに、さっさと茶店に歩いてゆき縁台に腰をおろした。

音次郎は例によって深編笠を被っているが、庄五郎と寅吉は普段の着流しに雪駄《せった》というなりである。ただし、懐には物騒なものを呑んでいる。

「教えてやるよ音次郎さん」

庄五郎が茶に口をつけてから、押し殺した声でいった。

「相手は百助《ひゃくすけ》ってどうにもしようのねえ野郎だ。おれたちの嘗《な》め役をしていたんだが、裏切りやがった」

「嘗め役……」

嘗め役とは盗みに入る家屋敷を探し、その家の財産、家族構成、奉公人の数などを詳細に調べるもののことをいう。

「やつは要蔵の嘗め役もやっている。ひょっとすると、要蔵の指図で裏切ったのかもしれねえ。どっちにしろ許せねえ野郎だ」

「それで、何をしたというんだ?」

「おれたちの稼ぎをかすめ取って逃げやがったんだ」

「いくらだ?」

「百二、三十両ってとこだろう」

五人家族が十年は楽に暮らせる金額だ。

「大金だな」

「あたりまえだ。命を張って稼いだってえのに、くそッ。考えるだけでむかっ腹が立つ。ずっと探しつづけていたんだが、ようやく見つけることができたんだ。今はすあい女とのうのうと暮らしているという」

「すあい女と……」

音次郎は茶を飲んでから葦簀《よしず》越しに見える千住大橋を眺めた。

すあい女とは、上辺は小間物売りだが、その裏で色を売る娼婦《しょうふ》のことをいう。

「音次郎さん、百助ひとりだったら、何もあんたを連れて行くことはねえんだ。あの野郎、おれの仕返しを恐れてか、浪人をそばに置いてるんだ。厄介なのはこっちのほうだ」

「百助の用心棒ってわけか」

「まあ、にわか用心棒だろうが……大小を差した侍がいちゃ下手に手出しできねえだろう。それであんたの出番てえわけだ。あんたの腕も見たいしな」

「そういうことか……」

「百助には聞かなきゃならねえことがある。あっさり斬らねえでくれ」

「承知した」

茶店で一休みした音次郎たちは、千住大橋を渡って橋戸町に入った。もうここは朱《しゅ》引地外《びきちがい》であるから、町奉行所の手は入らない。

長さ六十六間の橋を渡ると、寅吉が案内のために先に立った。

町屋には千住宿と同じように旅籠《はたご》が軒を並べている。呼び込みの女たちの声があちこちでし、旅人を見れば袖をつかんで自分の旅籠に連れ込もうとする。

客の取り合いをして、いい争っている女もいた。

寅吉が案内したのは、町屋の外れにある金比羅神社のそばだった。百姓屋と思われる数軒の家があるが、一軒一軒は間に田圃を挟んで離れている。騒ぎが起きても人に知れることはなさそうだ。それに人の姿を見ない。

水の張られた田圃で蛙《かえる》の声がし、神社の林が風に吹かれざわついていた。

百助がいるという家はひっそり静まっている。縁側の雨戸を開け放してあるので、家のなかは丸見えだが、そこにも人の姿はなかった。戸口前の庭はここ数日の日照りで乾ききり、地面に罅《ひび》が走っていた。

庄五郎が顎をしゃくると、寅吉が戸口に走って行き、なかの様子を窺《うかが》い、振り返った。

目顔で、「いる」というふうにうなずいた。

庄五郎が足音を殺して戸口に向かう。音次郎もつづいた。

風通しのよい台所脇の居間に、二人の男がひっくり返って寝ていた。ひとりは浪人のようだから、高鼾《たかいびき》をかいているのが百助だろう。

「ごめんよ」

庄五郎が声をかけると、二人の男はビクッと体を動かして半身を起こした。浪人が刀を引き寄せれば、百助は驚きに目を丸くして背中をこわばらせた。

「百助、ずいぶん捜しまわったぜ」

「ど、どうして……ここを……」

「おいおい、ご挨拶じゃねえか。おれを見くびるんじゃねえぞ」

庄五郎は暗くてひんやりする土間に足を進めた。

百助は狼狽《うろた》え襟をかき合わせると、立ちあがって小腰になった。

「は、原田《はらだ》さん、追い返してくれ。話していた生意気な野郎だ」

原田といわれた浪人がのそりと立ちあがった。

「おぬしら殴り込みのつもりか……」

庄五郎はたじろぎもせず、原田をにらむように見た。

「あんたが何もんか知らねえが、そいつはおれたちの稼ぎを横取りしやがった野郎だ。こっちに引き渡してもらうぜ」

「大層な口を利きやがる」

原田は框《かまち》に足をかけたと思ったら、ひょいと土間に飛び下りた。

「原田さん、き、斬ってくれ。そいつは疫病神だ」

「おお、斬っていいのか……なら斬ってやろう」

原田は庄五郎の肩越しに、音次郎に目を向けた。

「そっちにも助っ人がいるってわけだ。まあ、おれはもらった金の分は働くさ」

そういう原田の目を、音次郎は凝視しつづけていた。

「百助、もう逃げられねえぜ」

庄五郎がどすを利かせていった。

「な、何をいいやがる」

及び腰で柱につかまっている百助は、目を泳がせながら逃げ場を探している。

「寅吉、裏にまわれ。百助を逃がすんじゃねえぞ」

へいと、声を返した寅吉が庭の奥に駆けていった。

「おいおい、他人の家に勝手に入ってきて、無礼にもほどがある。相手をしてやるから表に出ろ」

鯉口《こいくち》を切った原田が、空いている手で庄五郎を突き飛ばそうとした。だが、庄五郎は身軽にうしろに跳ね飛び、音次郎の脇に控えた。

「音次郎さん、頼むぜ」

「なんだ、おまえが相手か。それじゃ順繰りに始末してやる。表に出るんだ」

原田は音次郎に顎をしゃくった。

「よかろう」

音次郎は原田から目を離さず、ゆっくりうしろに下がった。

七

風で雲が払われ、日が射してきて、庭に立った音次郎の影ができた。

間合い三間を取って原田が正対した。総髪に無精髭《ぶしょうひげ》を生やしている。よれた着物は垢《あか》と埃《ほこり》にまみれており、胸のあたりには継ぎが当ててあった。貧乏侍そのものだ。

「……怪我をするぞ」

音次郎がいってやると、原田はペッと地面に唾《つば》を吐いて目に力を込めた。

「おれはおまえをたたっ斬る。このところ暇を持てあましていたから、いい気晴らしだ」

「よくしゃべるやつだ」

「何をこしゃくな」

さらりと、原田が刀を抜いた。

わずかに腰を落とした音次郎は、刀の柄に手を添えているだけであった。

原田は青眼に構えた刀を脇にあげ、じりっと間合いを詰めてきた。音次郎は柄に添えた手をわずかに動かして、鯉口を切った。

さらに原田が間合いを詰めてきた。音次郎は左足を引き、半身の体勢になる。

「とッ！」

原田が袈裟懸《けさが》けに刀を振り下ろした。牽制《けんせい》の太刀であったが、素早く逆袈裟に振りあげてくる。音次郎は胸を反らしてかわした。

「うぬッ」

原田の顔が紅潮し、目をぎらつかせた。簡単にいかないと思ったのか、右に回りはじめた。音次郎もそれに合わせて、体を動かす。

風が出てきて、乱れている原田の総髪が揺れた。

「かかってこぬか」

原田が苛立《いらだ》つようにいった。

「おぬしのような、なまくら剣法はおれには通用せぬ」

「何をッ」

原田は目を吊りあげた。

「頭に血を上《のぼ》らせては、もう勝負は決まったようなものだ」

「こしゃくなことをぬかしやがる」

原田はそう吐き捨てるなり、左肩から胸へかけて袈裟懸けに刀を振ってきた。腰がその動きについていなかった。音次郎が刀を素早く振り抜いたのは、この瞬間だった。

一閃《いっせん》した刀は、日の光にきらめき風をうならせた。

右足を大きく踏み込んで刀を振り切った音次郎の体は、伸ばした左足から頭まで一直線になっており、刀を持つ両腕は右側方にあった。

原田は腰を折るようにして、よろめいた。それから音次郎にゆっくり顔を振り向け、

「ど、どうして……」

そういうと白目を剥《む》いて、持っていた刀を手からこぼし、ついで前のめりに倒れた。

「待ちやがれッ！」

寅吉の怒鳴り声がした。同時にばたばたと駆ける音がして、百助が縁側から庭に飛び出してきた。そのまま一目散に表の道に逃げようとしたが、庄五郎が素早く動き、後ろ襟首をつかんで引き倒した。

「この野郎ッ！」

庄五郎の拳が百助の顔面に炸裂《さくれつ》した。悲鳴をあげた百助の鼻から血がしたたった。

「おれのことを生意気な野郎だとぬかしやがったな。え、この野郎」

庄五郎はもう一度殴りつけた。

「ひっ、やめてくれ。か、金なら返す」

「うるせえ！」

庄五郎は百助の胸に馬乗りになり、匕首《あいくち》をその喉首《のどくび》にぴたりとあてた。

一瞬にして百助の顔が凍りついた。

「……こ、殺さねえでくれ」

百助は声といっしょに体まで震わせた。

「おれの金をちょろまかしたのはおめえの考えか？」

庄五郎は匕首の刃を百助の喉にわずかに食い込ませた。

出した。

「じゃあ、誰だ？　要蔵か？」

百助はそうだというように、忙しく首を振った。それから怯《おび》えた顔のまましゃべり出した。

「お頭は庄五郎さんをつぶすといっていた。裏切られたので仕事がしにくくなったと……それでおれに……」

「おれになんだ？」

百助に馬乗りになっている庄五郎の目はぎらついていた。

「嘗め役は自分だけにしろと、いずれ庄五郎さんの命はなくなるから、おれについているほうが得だと」

「花膳を襲ったのは要蔵だな」

「そ、そうです。庄五郎さんより先に押し入っちまえってことだったんです」

そばにいた音次郎はそうだったのかと思った。花膳は庄五郎が先に目をつけていたのだ。それを要蔵が横取りしていたのだ。

「おれの金はどこにやった？」

「お、女が……」

「女がどうした?」

「女が持って行っちまったんです」

「全部か? 正直にいえ、嘘ついたらこのまま喉をかっ切ってやる」

百助は顔面蒼白《そうはく》になっていた。

「は、半分だけです」

「残りはどこだ? いうんだ」

「居間の箪笥《たんす》の下に……」

庄五郎は寅吉に、見てこいと指図した。

寅吉が家のなかに入り、箪笥を引き倒す音がした。

「お頭、ありました」

「よし、立て」

庄五郎は襟首をつかんだまま百助を立たせた。

「さっき、要蔵がおれの命を狙《ねら》っているようなことをいったな」

庄五郎は百助の細い顎をつかみ、にらみを利かした顔を近づけた。

「やつはどこだ?」

「多分、品川だと思いやす。そんなことをいっていたので……」

「嘘じゃねえだろうな」

「ほ、ほんとです。そう聞いたんです」

庄五郎はしばし考える目で、あたりを見てから百助に顔を戻した。

「おめえはもう少し生かしといてやる。だが、おめえのいったことが嘘だとわかった

そのときこそ命はないと思え。わかったか」

「は、はい」

「おれたちの隠れ家を知っているか？」

「い、いいえ」

「すると要蔵も知らないってことだな」

「知りません。ただ……」

「ただ、なんだ？」

「お頭は庄五郎さんの隠れ家を探しておりやす」

「おれの隠れ家を……くそ、そういうことか……」

庄五郎は唇を噛んで、音次郎を見た。

「音次郎さん、あんたに用心棒を頼む。雷の要蔵を始末する手伝いをしてくれ」

第四章　音無川

一

音次郎らが浄閑寺そばの隠れ家に戻ったのは、昼過ぎだった。

連れ帰った百助を納屋に監禁した庄五郎は、居間で待つ時右衛門に橋戸町の百姓家でのことを報告した。

「すると眼鏡に適《かな》ったというわけだ」

話を聞いた時右衛門は、柱に背中を預けて座っている音次郎に目を向けた。

「それで、なぜ原田という男を斬《き》らなかったんだね」

「あれは斬るに値する男ではなかった。ただ、それだけだ」

原田を峰打ちにしていた音次郎はそう答えた。

「つまり相手の腕が音次郎さんより、劣りすぎていたということですか」

「……そう取ってもらってもかまわぬ」

「おじき、音次郎さんは、ただの一刀で原田を倒したんだ。おれにはいったいどうなったのか、あまりにも早技だったのでよくわからなかったが……」

庄五郎が言葉を添えた。

「それじゃ辻銀次郎に負けぬ腕があると、おまえはそう考えるのだな」

「それはどうかわからねえが……ともかく、強い味方だ」

「まあ、おまえがそういうのであればよかろう。それで、どうする？　要蔵らがおまえを捜しているとなると、ここはいずれ見つけられるかもしれぬ」

「もちろんここは引き払いますよ。それからおまさの店も畳《たた》んだがいいでしょう」

「いつにする？」

「たった今からです。もう助三郎《すけさぶろう》を丸屋に走らせているんで、じきおまさを連れて戻ってくるはずです」

「手回しがよいな。さすが庄五郎だ」

「感心してる場合じゃないですよ。要蔵はおれをつぶそうと考えている。それに、おれが目をつけている店に、要蔵もつばをつけている。百助の野郎が何もかも要蔵に売ってやがったんです」

「それじゃ仕事にならないではないか」

「そういうことです」

庄五郎はくわえた楊枝《ようじ》を噛《か》みちぎって、しばらく庭に視線を飛ばした。

嘗《な》め役の百助は、金があり、かつ盗みに入りやすそうな商家や屋敷にめぼしをつけ、それを嘗め帳という帳面に書きつけていた。盗賊はその嘗め帳を吟味して、押し込み先をきめるが、庄五郎の計画している店はことごとく要蔵に筒抜けとなっていた。

「おじき、こうなったらやられる前にやるしかないです」

「要蔵と喧嘩《けんか》をすると……」

「喧嘩じゃない。殺し合いですよ」

「殺し合い……」

時右衛門はわずかに目を見開いた。

「それしかないでしょう。向こうはおれをつぶす気なんですから、先にやつらをたたきつぶすんです。要蔵が稼いだ金もそっくりおれたちのものにするんです」

黙って聞いていた音次郎は、考え込んだ時右衛門を見た。

「荒っぽいかもしれないが、道はそれしかないか……」

「逃げるわけにはいかないでしょう」

「……そうだな」

時右衛門は庄五郎の考えを呑《の》んだ。

二

「向島の花膳に押し入った要蔵は、品川のほうに逃げているというが、品川のどこか見当がつかねえ。もっとも、朱引地《しゅびきち》の外なのはたしかだろうが……」

酒をなめる庄五郎は渋い顔をしている。

「やつの隠れ家の見当はつかないのか？」

音次郎は燭台《しょくだい》の明かりを白い頰《ほお》に受ける庄五郎を見た。庄五郎は端正な顔のせいで若く見えるが、実際は三十半ばだった。

すでに外は暗くなっており、家のなかを涼しい風が吹き抜けていた。そばには丸屋を閉めてやってきたおまさがいた。

「音次郎さんに何かいい知恵はないですかい」

「……そうだな」

「あたしが囮《おとり》になったらどうだい？」

話に割り込んできたのは、おまさだった。音次郎と庄五郎は同時におまさを見た。

酒が入っているせいか、頬をほんのり赤く染めていた。

「要蔵はお頭を捜しているんだろう。この隠れ家は知られちゃいないだろうけど、丸屋に気づくのはそう先のことではないような気がするんだよ。だって、こちらの音次郎さんだって、あの店にやって来たんだから……」

「なるほど……」

庄五郎は顎《あご》を撫でながら考えた。

奥の座敷で飲んでいる仲間が、さっきから下卑た声で笑っている。

「いいかもしれねえ。だが、やつらが丸屋にいつまでも気づかないってこともある。そうなると、とんだ暇暮らしだ。……すると、おびき寄せりゃいいってことか……ふむ」

「要蔵の仲間の耳に、あの店のことを入れたらどうだい」

「それしかねえだろうな。音次郎さん、あんたはどう思う？」

「手っ取り早い考えだと思うが……おまさが囮では危なすぎはしないか」

「なに、あんたにもいてもらうことにする。それにあんたはやつらに顔を知られちゃいねえ」

「……よいだろう」

音次郎は酒をあおってから答えた。

「よし、そうと決まったら早速段取りをつけることにする。勇吉《ゆうきち》、ちょいとこっちに来てくれ」

庄五郎が奥座敷で飲んでいた仲間に声をかけた。呼ばれた勇吉というのは、一度音次郎に腕をしたたかにたたかれた男だった。仲間に鼠《ねずみ》の勇吉と呼ばれており、色の黒いあばた面の小男だった。

「おめえは要蔵の使いっ走りを何人か知っていたな」

「へえ」

「今でもつなぎの取れるようなやつはいるか？」

「深川にひとり、足袋《たび》売りをしている小助《こすけ》ってもんがおりやす。そいつなら使えるかもしれやせん」

「その小助に今夜のうちに会うんだ。おまえはおれを見限ったといえばいい。それで丸屋のことをそれとなく話すんだ」

「まかしてください」

「うまくやるんだ」

庄五郎は財布から金二両を出して勇吉に渡した。

勇吉が家を出ていくと、庄五郎は音次郎に指図した。

「あんたはおまさといっしょに今夜から丸屋に泊まってくれ」

いわれた音次郎はおまさをちらりと見た。おまさも見返してくる。

「明日のうちに、おれたちゃここを出て他に移るが、新しい家が決まったら使いを出す」

「その前にやつらが来たらどうするのさ？」

「そんときはそんときだ」

「この旦那《だんな》ひとりで大丈夫なのかい？　相手が大勢だったらまずいよ」

庄五郎はしばし天井の梁《はり》を眺めてから答えた。

「……大勢ってことはないはずだ。要蔵のやり方はよくわかってる。まずは丸屋におれがいるかどうかを調べるだろう。押しかけるとしたら、いるとわかったあとだ」

「もうひとり誰かつけてくれるか」

いったのは音次郎だった。庄五郎が目を細めて見てきた。

「おまさがいうように、丸屋を探りに来るのはひとりとはかぎらぬ。仲間がいたら、それを取り逃すこともあるだろうし、尾《つ》けることもできぬ」

「もっともだ。よし、弥平《やへい》をつけよう」


間もなくして音次郎とおまさは、弥平を伴って家を出た。弥平は月代《さかやき》の伸びた毟《むし》り頭で、女のように眉《まゆ》の細い男だった。

三人は日本堤をのんびり歩いて、今戸町に向かった。星は出ているが暗い夜で、提《ちょう》灯《ちん》がなければ歩けないほど闇《やみ》が濃かった。

「おまえはなぜ庄五郎の仲間に入ったのだ？」

しばらく行ったところで、音次郎はおまさに聞いた。

「ご隠居に紹介されたのさ」

「時右衛門か……あの隠居、さっきはいなかったが……」

「家に戻ったんだろう。気楽な暮らしをしているから、気が向いたときや気になることがあると、ああやってお頭《かしら》を訪ねて行くんだよ」

「ご隠居は独りばたらきの盗人《ぬすっと》だったらしいが、そんな男をなぜ知っていた？」

「いろいろ聞くんだね。……まあいいさ。教えてあげるよ。あたしは佃《つくだ》の岡場所にいたんだけどね。そのときあのご隠居がやってきてあたしを買ってくれたんだ」

そういったおまさは、それからのことをかいつまんで話した。

買われた夜、おまさはいつものように時右衛門の夜伽《よとぎ》をしたのだが、分厚い財布に目がくらみ、出来心で盗んでしまった。

しかし、時右衛門はそのことにちゃんと気づいており、

「盗みで稼ぎたいなら教えてやる」

と、おまさの腕をつかんで諭《さと》しはじめた。

「人のものを盗むときはもっと上手《うま》くやらなきゃならない。その相手に知れないようにな。こんな二人きりの部屋でやるもんじゃない」

「……何だか盗人みたいなことをいうんだね」

「ああ、おれは正真正銘の盗人だ。それで飯を食っている」

「からかうのはよしておくれよ」

時右衛門は短く笑ったあとで真顔になった。

「おまえさん、こんな商売はいくらつづけたって浮かばれねえだろう。盗人宿でもやってみないか？」

「それで金儲《かねもう》けができるっていうのかい？」

冗談半分にしか聞いていないおまさが訊《たず》ねると、時右衛門は自信たっぷりに、

「できるさ。その気があるならおれが世話してやる。おまえさんの鼻っ柱の強いのが気に入った」

そういって、片頬に笑みを浮かべた。

「ふん、それじゃそっくりあたしを身請《みう》けしてくれるっていうのかい」


吉原の明かりが闇のなかに浮かんでいた。おまさは歩きながら話をつづけた。

「するとあのご隠居、その晩のうちに店と話をつけて、翌朝にはあたしを引きとっちまったんだ。あたしはあきれるやら驚くやらで、ずっと目を丸くしどおしでね」

そういったおまさは、さもおかしそうにくすっと笑った。

「それで盗人宿を預かったのか……」

「すぐじゃないけど、ご隠居はあちこちの盗賊の頭を知っていて、隠れ家の宿貸しをやるようになったのよ。それであたしはいつもその店の女主《おんなあるじ》ってわけさ」

「儲かったかい?」

「岡場所にいるよりはずっとマシさ」

おまさはひょいと肩をすくめた。庄五郎と会ったのは一年ほど前らしい。

「庄五郎はどうやってご隠居と……」

「お頭がご隠居の知恵を借りたいという相談を持ちかけてきたのがきっかけだよ。お頭が雷《いかずち》の要蔵から離れて、間もなくのことだったみたいだね」

すでに三人は吉原を過ぎていた。

山谷堀につながる音無川には、船行灯《ふなあんどん》をつけた吉原通いの舟が浮かんでいた。

「店に戻ったら、酒でも飲もうよ」

そういっておまさが音次郎を見てきたが、その目はそれまでと違い妙に色っぽかった。もっとも手に持つ提灯の明かりのいたずらだったのかもしれないが……。

三人は日本堤を下りて今戸町の丸屋に向かった。

三

品川宿から東海道を上ってゆくと、間もなく紅葉の名所で有名な海晏寺《かいあんじ》の門前町に出る。その先を右に折れたところが仙台坂である。これを登ってゆくと、道は自ずと池上道になり、大井ヶ原に出る。原といっても畑ばかりの百姓地だ。

雷の要蔵が隠れ家にしているのは、その大井ヶ原にあった。町奉行所の管轄を離れる朱引地の外である。もっとも火付盗賊改め方に追われるとなると、朱引地外でも関係ないのだが、盗人の心理として、少しでも安全なところにいたいのだろう。

要蔵が向島の花膳を襲って逃げてきたのが、その大井ヶ原にある百姓の家だった。家には百姓夫婦とその子供二人が住んでいたが、要蔵は押し入るなり、あっさり殺して裏庭に埋めていた。

要蔵が足袋売りの小助の訪問を受けたのは、隠れ家に腰を据えた数日後の昼前だった。

小助は足袋の行商人をしながら、金のありそうな市中の商家に探りを入れたり、手下を集めるときの連絡役をしているのだった。

「今戸町の丸屋……」

要蔵は大きな目玉をぎょろりと動かしてつぶやいた。脂ぎった顔をしており、肉布団を着ているように太っている。

「小間物屋らしいのですが、庄五郎は今そこを根城にしているといいます」

「教えてくれたのは、勇吉といったな」

「へえ、仲間内で鼠の勇吉と呼ばれているものです。何でも庄五郎がもたついたことばかりやっているんで、ちっとも稼ぎにならねえから飛び出してきたと、ぼやくようにいっておりました」

「で、そいつはどうした?」

「一晩あっしの狭い長屋に泊まって、今朝出てゆきました。盗人稼業から足を洗って、地道に仕事をするといってましたが……」

「金もねえのに足を洗うっていっていたのか?」

「何でもあてにできる女がいるそうなんです」

「そうかい……」

要蔵は剝《む》き出しにしている脛《すね》を、ぼりぼり掻《か》いた。脛には剛毛が生えていた。

「今戸の材木堀の近くといったな……」

「へえ、小さな店らしいですが」

「その勇吉って野郎のことは信用できるのか?」

「それはどうかわかりやせんが、庄五郎のことをずいぶんけなしていました。それにあっしが、お頭とつながっていることをやつは知らないはずですし、嘘《うそ》じゃないと思うんです」

「勇吉って野郎のことはちょいと気になるが、そこまで話を聞いちゃ黙っているわけにはいかねえな。……さて、それじゃどうしてくれようか」

要蔵は首の骨をぽきぽき鳴らして、座敷にいる仲間を眺めた。

その家には六人の仲間がいるだけだった。押し込む際の助働《すけばたら》きをした仲間には、分け前をやってそれぞれの棲家《すみか》に帰していた。

「銀次郎さんはどこへ行った？」

仲間を見ていた要蔵は誰に聞くともなしに聞いた。

「その辺をぶらついてくるといってましたから、じき戻ってくるでしょう」

神経質そうな顔をしている金助《きんすけ》という男が答えた。

「捜して呼んでこい。聞きたいことがあるんだ」

「へい」

金助が立ちあがって家を出て行った。

「小助、わざわざ知らせてくれてかたじけねえ。これは酒手《さかて》だ」

要蔵は一両を小助の前に放るように置いた。

「これは申しわけねえです」

「また何かあったら教えてくれ。おっと、それからその勇吉って野郎に、この隠れ家のことを漏らしちゃいまいな」

「いえ、そんなことは決して」

小助は平べったい鼻の前で手を振った。

「なら、また何かあったら知らせてくれ。こっちからも助がほしいときは使いをやる」

小助はへえこら頭を下げまくりながら家を出て行った。

「……今戸の丸屋」

要蔵は蔀戸《しとみど》の向こうに見える青空を眺めてつぶやいた。

それからしばらくして辻銀次郎が戻ってきた。

「何か聞きたいがことがあるそうだな」

天神の銀こと、辻銀次郎は居間にあがり込んでくると、どっかりあぐらをかいた。六尺（約百八十二センチ）を超える大男だ。体だけでなく頭も大きいし、胸板も厚い。

「庄五郎の手下に勇吉って野郎はいるかい？」

「勇吉……あの鼠みたいなやつか。それがどうした？」

銀次郎は毛の生えている胸をかいた。

要蔵は小助の知らせは嘘じゃないと思った。

「勇吉って野郎が庄五郎を見限ったらしいんだ。それで昨夜、小助の家を訪ねてきたそうだ」

「やつがか……まあ、わからなくはない。庄五郎はしみったれたやつだからな」

「それで庄五郎の使っている盗人宿がわかった」

「本当か？」

銀次郎は小さな目を、ぐりっと見開いた。

「今戸にある丸屋という小間物屋らしい」

「それじゃ殴り込みをかけるのか？」

「早まっちゃいけねえよ。おれたちゃ手配されている身だ。もっとも捕まることはねえだろうが、用心を怠っちゃいけねえ」

「どうするんだ？」

「まずは、その小間物屋をあたってみる。ほんとに庄五郎が使っているようだったら、寝込みを襲って首をかっ切るんだ」

「おれにあたれというんじゃないだろうな」

「そんなヘマはしねえさ。あんたは目立っていけねえ。それに庄五郎の手下は当然あんたのことを知っている。まず、他のやつを行かせる」

「なるほど」

四

要蔵の指図を受けたのは、金助と半吉《はんきち》という手下だった。

二人は昼過ぎに仙台坂を下り、東海道に出ると、そのまま浅草の今戸に足を向けた。

大井ヶ原の隠れ家から日本橋まで約二里半（約十キロ）、日本橋から今戸町までが一里半ほどだから、二人はおよそ四里の道を歩くことになる。

「なに、急ぐこたあねえだろう」

半吉はせっかちな金助に比べてのんびり屋である。品川を過ぎ、海を眺められる高輪まで来ると、もう休もうと勝手に茶店に立ち寄った。

「まだ、いくらも来てねえじゃねえか」

金助が苦言を呈しても半吉は意にも介さず、饅頭《まんじゅう》を注文し茶のお代わりをする。接客をする小女をからかい、からからと笑う。

「おまえ、あんまり目立つようなことするんじゃねえよ」

「何をビクついてやがる。おれたちのことなんざ誰も知らねえんだ。かまうもんか」

半吉は饅頭をぱくつき、ずるずる音を立てて茶を飲む。

二人は真っ青に晴れ渡った空の下に広がる海を眺めた。浜辺で鷗《かもめ》が舞い、沖には白い帆をかけた船が浮かんでおり、水平線のあたりに大きな入道雲が浮かんでいた。

「いい天気じゃねえか。ま、のんびり行こうじゃねえか。焦って行ったたって、ことは変わらねえんだからよ。もう一個食うかな」

半吉は饅頭を追加した。金助はあきれ顔で茶を飲むだけだ。

小半刻ほど休んだ二人は日本橋まで行って、蕎麦屋《そばや》に立ちより小腹を満たした。ここも半吉がせがんだからである。

「おい、誰もおれたちのことなんざ気にしてねえだろう。高札場にもおれたちのことは何も書かれていなかった」

「たしかに……」

金助はそう応じて蕎麦湯を飲んだ。品川にも高輪の大木戸にも高札場があったが、雷の要蔵のことは何も書かれていなかった。

「おい、用がすんだら浅草あたりで泥鰌《どじょう》でも食おうじゃないか」

「おまえは食うことしか頭にねえのか。だからころころ太るんだよ」

金助がいうように半吉は太っている男で、着るものにも頓着《とんちゃく》しない。髭《ひげ》もろくに剃《そ》らないから無精髭も大分のびていた。

「生きてるうちにうまいもん食っとかなきゃ損だろ」

「それより金を溜《た》めるのが大事だ」

金助は几帳面で金の計算も細かかった。

「けっ、けちけちしてちゃ面白くねえだろうに……」

「おい」

金助は半吉の膝《ひざ》をつついた。小者を連れた町方の同心が、店の前を通り過ぎてゆくところだった。二人は一瞬、顔をこわばらせた。

「ゾッとしねえな。番所（町奉行所）の近くはやっぱ落ち着かねえ」

「早めに用事をすませに行ったがいいか……」

「そうしよう」

応じた金助は店の女を呼び、勘定を頼んだ。

「ただ食いはいけねえよ。おれは奢《おご》ったつもりはないんだからな」

金を出さない半吉に、金助はしかめ面をした。

「蕎麦ぐらいいいだろう」

「さっきの茶店でも払ったのはおれだ。さあ」

金助は手のひらを差しだした。半吉がしぶしぶ金を出した。

いつも二人はこんな調子なのだ。

「稼いだばかりだろ。蕎麦ぐらいで細けえことというんじゃねえよ」

「だったらおまえが気前よく払え」

いわれた半吉は黙り込んだ。

日本橋の蕎麦屋を出た二人はそのまま今戸に向かった。太陽がゆっくり西のほうに傾いている。

「せっかくだから吉原にでも繰り込むか」

浅草を抜け、日本堤に出てから半吉がいった。空は黄昏《たそが》れつつある。吉原通いと思われる舟も見受けられた。

「そんな暇はねえさ。まずは丸屋って店をたしかめるのが先だろう」

「おめえはいつもくそ真面目だな」

「怠《なま》けるようなことをいうとお頭にいうぜ」

「おっと、そればかりは勘弁だ。まったく、おめえってやつはやりにくくてしょうがねえ」

「つべこべいわずにまずは丸屋を捜すことだ」

「わかったわかった」

丸屋は人に訊ねるまでもなくすぐに見つかった。材木堀のすぐそばにある小さな店だった。暖簾《のれん》と白い唐紙が夕日にあぶられていた。

「おまえ、庄五郎って野郎を知っているか？」

金助は半吉に訊ねた。

「いや、おれがお頭のとこへ来たときゃもういなかったからな」

「それじゃおれもわからねえってことだ」

金助は半吉より遅く要蔵の手下になっていた。

「ともかくしばらく様子を見ようじゃねえか」

そういった半吉が見張り場にしたのは、近くの飲み屋だった。すでに七つ半（午後五時）を過ぎており、店は開いていた。

二人は丸屋が見えるように入口そばに陣取り、酒を注文した。

音次郎は丸屋から一歩も出なかった。帳場横の部屋に腰を据え、裏の縁側から日がな一日外を眺めていた。

空はそのときどきで色を変え、流れる雲も形を変えていった。風が弱ければ、雲はじっと目を凝らさなければ動いているとわからない。逆に風が出てくると、雲は形を変えながら吹き流されていった。

鳥の声も様々だった。鶯《うぐいす》が鳴くかと思えば、鴉《からす》の声がそれにまじったりした。庭では雀《すずめ》がさえずり、縁側から見える景色を切り裂くように燕《つばめ》が飛んでいった。

「なにもありませんね旦那《だんな》……」

帳場に座っているおまさは、ときどき音次郎のそばにやってきて茶を淹《い》れてくれたり、茶請けの漬物や菓子を運んできた。その度に、音次郎のことをあれこれ聞きたがったが、

「こんな稼業をしているんだ。自慢するようなものはない」

と、うまく逃げていた。

今もおまさは茶を淹れながら、

「旦那の色恋沙汰《ざた》を聞きたいね」

と、せがむような目を向けてきた。

「埒《らち》もないことを……」

「まさか、浮いた話なんかないっていうんじゃないだろうね」

こういうことを聞くとき、おまさの目の色はわずかに変わった。初めて会ったときと大違いだ。心を許しはじめているのもわかるし、誘惑するような仕草や流し目もす

る。

「おれも男だ。惚《ほ》れた女のひとりや二人いてもおかしくはなかろう」

「いっしょになったのかい？」

「いや」

音次郎はおまさから視線をそらして、夕暮れの空を見た。殺された妻・お園の顔が瞼《まぶた》の裏に浮かんだ。口許にあった色っぽい黒子《ほくろ》は、笑うたびに動いた。

「それじゃ今は誰もいないってことだね」

おまさに顔を戻すと、媚《こ》びるような視線をからませてきた。

「いなきゃどうする……」

「ふふっ。なんだかさ……あたし……」

おまさはそういって、恥ずかしそうに顔をそむけた。

音次郎も表に目を戻した。青かった空が色を濃くし、藍色《あいいろ》になっていた。

「要蔵の手下はほんとに来るかしら……」

腰をあげかけたおまさがつぶやいた。

「勇吉が小助という足袋売りに、うまく渡りをつけているなら来るだろう」

「ちょっとおっかないけど、旦那がそばにいるから安心だね」

「さあ、それはどうかな……」

おまさはそのまま立ちあがって部屋を出て行こうとしたが、襖《ふすま》に手をかけたところで振り返った。

「旦那、今夜は何かうまいものを作ってあげるよ」

そのままおまさは帳場に戻った。

いっしょに囮として丸屋に来た弥平は、奉公人よろしく店のまわりを掃除したり、買い物に出かけたりしていた。

その弥平が、外がすっかり暗くなってから、音次郎のところへやってきた。

「旦那、妙に気にかかる男がいます」

「要蔵の手下か?」

「それはわかりませんが、すぐそこの伊勢屋って店にしけ込んでこっちを探っているようなんです」

「伊勢屋……」

目と鼻の先にある小さな飲み屋だ。

「何人だ?」

「二人組ですが……」

「要蔵の手先かもしれぬ。気取られぬように見張っておけ」

「へえ」

音次郎は愛刀をそばに引き寄せた。

五

「金助、どうするよ」

半吉は暖簾のしまわれた丸屋を見て、声をひそめた。

すっかり日が暮れると、がらんとしていた店がにわかに忙しくなった。近所の客がほとんどらしく、料理や酒を運ぶ女に軽口をたたいていた。

「どうもおかしくねえか」

金助は半吉の耳許でささやいた。

二人とも酔うほど酒は飲んでいなかった。

「おかしいってのはどういうことだ？」

「店には女と男の二人しかいねえだろう。他に出入りするやつはいなかった」

「客らしいのは見たがな……」

「ありゃほんとの客だろう。庄五郎の仲間だったら、何となくわかる」

金助は同じ〝商売〟なら、見ただけでわかるという自信があった。盗人には盗人を匂わせる雰囲気がある。目つきや歩き方でも何となくわかるし、それよりその人間の持つ空気が違う。

「半吉、よく考えてみな。盗人宿を使うとき、仲間は表からは出入りしねえ。おれたちは表ばかり見張っていたじゃねえか」

半吉がはっと目を丸くして、舌打ちした。

「そうだった。裏があった。今から張り込むか……」

「そうしよう」

二人は伊勢屋を出ると、丸屋の裏に回り込むために、一度日本堤に戻り、それから少し行って土手をまた下りた。

丸屋の裏には音無川が流れており、畔には葦《あし》が茂っていた。二人はその葦の藪《やぶ》のなかに、しゃがみ込んで丸屋の裏を見張った。

あたりは暗く、蛙《かえる》の鳴き声がするぐらいで静かである。町屋の裏通りには人影がなかった。

「女と男しか見なかった」

金助は丸屋の裏口と、開け放された縁側を見てつぶやく。

家のなかには明かりがあり、ときどき女の動く影が見えた。もっと家のなかをのぞきたいが、藪が邪魔をしているし、裏には小さな垣根がめぐらしてあった。

それから小半刻ほどして、裏の雨戸が閉められた。戸締まりをしたのは昼間見かけた男だった。月代が伸びて雀り頭になっている男だ。

「お頭も庄五郎の手下を知っているやつをよこしゃよかったんだ」

「顔を知られているやつじゃまずいだろう。先に気づかれたらそれで終わりだ」

「……ま、そうか」

半吉は顔の前を手で払った。小さな虫が飛んでいるのだ。

雨戸が閉じられると、店は濃い闇のなかに沈んだようになった。ただ、雨戸の隙間《すきま》から家のなかの明かりがこぼれている。

「あの男と女だったら……」

金助はそこまでいって口をつぐんだ。

「なんだ？」

「あいつらが庄五郎の手下だったら、踏み込んで口を割らせるんだ。こっちは男二人だ。あっちは大して力もなさそうな男と女じゃねえか」

「やってできねえことはねえな」

半吉が舌なめずりをして目を光らせた。

金助は半吉が顔に似合わず残忍な男だというのを知っている。これまで三人を殺しているし、花膳に押し入ったときも料理人の土手っ腹に匕首《あいくち》を突き入れたのを目の前で見ていた。

「こりゃあいい按配《あんばい》かもしれねえぜ。庄五郎の手下がごろごろしていたら手出しできなかっただろうが、そうじゃねえ」

「やるか」

金助もその気になって目を光らせた。

「手柄になるかもしれねえ」

「半吉、もう少し様子を見てやっちまうか」

「それがいいかもしれねえ。庄五郎はお頭に〝餌《えさ》〟を取られちまったから、別の押し込み先を捜しているんだろう。ひょっとするともう一軒隠れ家を持っているかもしれねえしな」

餌というのは、押し入る店のことだ。向島の花膳は、もともと庄五郎が入る予定の店だったのである。

「五つ半（午後九時）ごろまで待ってみようじゃねえか」

金助は六つ半（午後七時）の鐘音を聞いてからそういった。

おまさが酒の肴《さかな》に作ってくれたのは、からっと揚げた鰯《いわし》に、葱《ねぎ》と若布《わかめ》の酢味噌《すみそ》和《あ》えだった。なかなか乙な味である。

「人は見かけによらぬものだな」

「あら、旦那それはどういうことさ」

おまさが口をとがらせていうが、怒っている顔ではない。

「思いもよらず、料理がうまいということだ」

「喜んでいいのかどうかわからないけど、うまいのは料理だけじゃござんせんよ」

おまさは潤んだような瞳を向けてきて、くすっと色っぽい笑いをした。

「あまり過ぎぬほうがいい。妙なやつがうろついているらしいからな」

音次郎は勝手口の前に座っている弥平の後ろ姿を見た。

「どうせ雑魚《ざこ》じゃないの」

「肝の据わったことをいうな。それとも酒の飲み過ぎか……」

「そんなに飲んじゃおりませんよ。でも酒は人の心を大きくするじゃない」

「……そうか。とにかく過ぎてはよくない」

「ねえ」

おまさの手が音次郎の膝に置かれた。音次郎はその手を見た。しなやかな指をしていた。その指が皮膚をかくように動いた。

「旦那さえよけりゃ、あたしはいつでもいいのよ。今夜でも……」

もうおまさの目は熱くなっていた。

「ご隠居に叱《しか》られるぞ」

おまさの手をそっと放してからいった。途端におまさの頬がふくれた。

「ご隠居とはなにもないわよ。それにもうご隠居は役立たずだから」

「庄五郎はどうなんだ？」

音次郎はじっとおまさを見つめた。

「あの人はあたしみたいな女は好みじゃないのよ。相手にもしないしね」

音次郎はそうは思わなかった。庄五郎はおそらく時右衛門に遠慮をしているのだ。

おまさは盃を勢いよく干すと、

「あたし、眠くなったからちょっと横にならせてもらうわ」

そういって奥の間に下がっていった。

黙って見送った音次郎は、盃を置いてさっきから聞き耳を立てていた弥平を見た。弥平も視線に気づいたらしく、振り返った。

「……旦那、もったいないですね。こんなときじゃなけりゃ」

「ふん」

音次郎は顎を撫でて障子に張りついている一匹の蛾《が》を見た。そのとき鐘の音が聞こえてきた。五つ半の鐘だ。

「据え膳ですからね。……しかし、おまさも度胸のある女だ。ちっとも外の野郎たちのことを気にしちゃいねえ」

「……そうではないはずだ」

音次郎は床柱に背中を預けた。

表戸が小さくたたかれたのは、それからしばらくのちだった。弥平が振り返って音次郎に目を合わせてきた。

音次郎は様子を見ろと、目顔でいい聞かせて戸口に目を注いだ。それから片膝を立て、刀を手許に引き寄せた。

「こんばんは。ちょいとお訊ねします」

遠慮がちにひそめられた声が表でした。弥平が音次郎を見てきた。音次郎は返事をしろと顎をしゃくった。

「へえ、どなたさんで……」

「ちょいと道に迷ったようなんです。開けてもらえませんか」

弥平がどうしたらいいかとまた見てくる。

音次郎はしばし考えてから、開けろと首を振った。

弥平が閂《かんぬき》を用心深く抜き、引き手に手をかけた。

そのとたんだった。勢いよく戸が引き開けられ、ひとりの男が飛び込んできた。弥平はその動きについていくことができず、土間に尻餅《しりもち》をついた。飛び込んできた男は素早かった。手にした匕首を即座に弥平の喉元《のどもと》にあてがったのだ。これは半吉だった。

音次郎は身じろぎもせず、柱にもたれたままだ。手許の刀もつかんでいなかった。

半吉が弥平を押さえると、つづいてもうひとり男が入ってきた。これは金助だった。

「あっ」

金助が驚きの声を漏らした。

「どうした？」

弥平を押さえている半吉が聞いた。

「女じゃねえ野郎がいる」

「なんだと……とっちめるんだ」

「しかし……」

半吉に急《せ》かされる金助だが、音次郎を見たまま何もできない。

「やるんだ」

「おぬしら何ものだ?」

音次郎は刀を手にして、のそりと立ちあがった。金助がたじろぐように下がった。

「どうした金助?」

「刀を持った野郎がいるんだ」

その間に、音次郎は金助のそばに立っていた。土間の金助を見下ろす恰好《かっこう》である。

そのそばには弥平を押さえた半吉がいた。

匕首を喉に突きつけられている弥平は、怯《おび》えた目をしていた。

「他人の店に押し込んでの狼藉《ろうぜき》は許さぬ。おぬしら、さては盗人だな」

「ま、まずい」

金助が身をひるがえして逃げようとした。その刹那《せつな》、音次郎は帯に挟んでいた小柄《こづか》を投げた。小柄は一直線に飛んでゆき、金助が戸にかけた右手甲に突き刺さった。

「あわっ」

金助は手を押さえて、表に転げ出た。

音次郎はそのとき、土間に飛び下りており、抜いた刀の切っ先を、半吉の後ろ首にぴたりとつけていた。半吉の背中がびりっとこわばった。

「匕首を放すんだ」

「脅しても無駄だぜ。おれを斬れば、こいつの喉をかっ切る」

半吉は強がったことをいった。

弥平の目が救いを求めるように動く。

「そうかい。それじゃおまえを先に斬ることにしよう」

音次郎は刀を持つ手に力を入れた。刃が半吉の皮膚に食い込んだ。

「ま、待て……」

「狼藉者に遠慮はいらぬのだ」

「た、頼む。待ってくれ」

半吉は匕首を手から放し、万歳をするように両手をあげた。

「それでいい」

そういった瞬間、音次郎は半吉の後頭部に強烈な手刀を打ち込んだ。

「うっ」

半吉が目を剝いて横に倒れると、弥平はほっと胸を撫で下ろして立ちあがった。

「弥平、もうひとりを捕まえる。まだ、近くにいるはずだ」

「へ、へい」

弥平が答えたとき、おまさが奥の間から出てきたが、音次郎は目もくれず表に飛び出した。

六

表に出た音次郎は、周囲に目を凝らした。あたりは濃い闇に包まれているが、よろめくように小走りになっている影があった。日本堤に向かう道である。片手を押さえているからさっきの男（金助）に違いなかった。

「旦那、やつでしょう」

「逃がすな」

音次郎と弥平は一気に駆けだした。

金助はやっと日本堤にあがったところだった。吉原に向かうと思われる、提灯をつけた町駕籠《まちかご》が金助とすれ違った。

手に傷を負った金助は必死に逃げていたが、その差はどんどん詰まっていた。金助が何度も振り返る。疾風のように駆けてくる音次郎と弥平を見ては、逃げる足を速めるが、差は縮まるばかりだ。

二町ほど行ったところで、金助は左手で匕首を取りだして振り返り、肩を喘《あえ》がせながら身構えた。音次郎は足をゆるめ、ゆっくり近づいた。弥平が匕首を抜いた。

音次郎はその弥平を、片手で制して前に出た。

「……観念しな。もはや逃げられぬ」

「くそッ」

金助が匕首を振りかざして突っ込んできた。

音次郎はひょいと半身を引くなり、右足で金助の足を払った。どおと、金助が前につんのめって倒れた。すかさず、弥平が背中を膝で押さえ、匕首を弥平の首に突きつけた。

「要蔵の手下か？」

弥平が問いかけたが、金助は答えない。

「いえ」

弥平は力まかせに金助の頭をごりごりと地面に押しつけた。

「か、勘弁してくれ……」

「どうなんだ？」

「頼まれただけなんだ」

「何をだ？」

「……様子を見てこいと」

「誰にだ？　要蔵か……いえ」

弥平はまた金助の頭を押さえつけた。金助の顔がひしゃげたようになる。

「そ、そうだ。頼む、殺さねえでくれ」

弥平が音次郎を見あげてきた。

「連れて帰るんだ」

「立ちやがれ」

弥平が金助の後ろ襟をつかんで立ちあがらせた。

弥平の知らせを受けた仲間が、丸屋に駆けつけてきたのは、四つ半（午後十一時）過ぎだった。やってきたのは大男の藤次と寅吉である。二人とも音無川を舟で下ってきていた。

その間に音次郎は、金助と半吉から聞くことを聞いておいた。

「他に仲間はいないんですね」

寅吉は丸屋にやってくるなり音次郎に聞いた。

「この二人はいないといっている」

寅吉は、縛られて土間に座らされている二人の前にしゃがみ込んで、半吉の顎を強くつかんだ。

「見ねえ顔だな。要蔵とはいつからつるんでる?」

「一年ばかし前からだ」

「なら、知らねえはずだ。それでほんとに二人きりでやってきたのか?」

「……そうだ」

土間につけられている燭台の明かりが、隙間風に吹かれてゆらりと揺れた。

「信用できますかね……」

寅吉が音次郎を見あげた。

「一応この辺をあたっては見たが、気になるような男は見なかった」

「弥平、おまえはどうだ?」

「へえ、あっしもこいつら以外に妙なやつは見ませんでした」

「よし、それじゃここは引き払おう。藤次、こいつらを舟に乗せるんだ。弥平、声を出されちゃ困る。猿ぐつわを嚙ませろ」

寅吉の指図で、弥平が二人に荒縄を使って猿ぐつわをすると、藤次が荷物をつまみあげるように金助と半吉の襟をつかんで立たせた。

「おれたちはどうする？」

音次郎は寅吉に聞いてからおまさに目を向けた。

「旦那も姐《ねえ》さんも戻ってもらいやしょう。ここはこれきり引き払えとお頭の指図です」

「……そういうことらしい」

音次郎はおまさを見ていった。

「あたしはどっちだっていいさ」

音次郎たちはそれからすぐに丸屋を出た。夜の闇はますます濃くなっていた。

藤次と寅吉は二艘《そう》の猪牙舟《ちょきぶね》を仕立てていた。

藤次と寅吉の舟に捕まえた二人を乗せ、音次郎とおまさが乗った舟は弥平が操った。

船行灯をつけた二艘の舟は、ゆっくり音無川を上っていった。

七

隠れ家に連れて行った半吉と金助への訊問《じんもん》はすぐに開始された。

音次郎は黙って眺めていたが、庄五郎は普段と違い、その端正な顔を凶悪にして容赦しなかった。

「てめえら、お為《ため》ごかしをぬかしやがったら、命はいくつあっても足りねえぜ。なあ、金助。おれがどんな男かは聞いているると思うが、もとはといえば要蔵に仕込まれた悪党だ。いざとなったらてめえの口ンなかに手突っ込んで、そのまま目ン玉えぐり取ってやるからな。どうなんだ、他には誰もついてきてねえってのはほんとなんだな」

「ほ、ほんとです。おれたち以外には誰も……」

金助は半分ベソをかいていた。それというのも、指の爪の間に釘《くぎ》を三本刺されているからだった。半吉は木刀でしたたかにたたかれ、隣で気を失っていた。肋《あばら》の二、三本は折れているはずだ。

「おれの目を見やがれ」

庄五郎は金助の顎をわしづかみすると、目に力を込めてにらみつけた。

「丸屋を見張っていたのはおまえらだけだったんだな」

「何度いえばいいんです。嘘じゃないですよ」

庄五郎はふっと、息を吐いて金助を突き倒した。体をがんじがらめに縛られている金助は達磨《だるま》のように転がった。

「寅吉、半吉って野郎に水をぶっかけろ」

「へえ」

寅吉が手桶《ておけ》の水を勢いよく半吉にかけた。気を失っていた半吉が目を開け、顔を苦痛にゆがめた。その股間《こかん》を、庄五郎は遠慮なく蹴《け》った。

「うっ……」

体を海老《えび》のように曲げた半吉の目尻に涙がにじんでいる。

庄五郎はさっと、着流しの裾《すそ》をめくって半吉の前にしゃがむと、鼻の穴に指を突っ込んで顔をあげさせた。

「要蔵の隠れ家だが、さっきいったところに間違いねえだろうな」

「勘弁してくれ。嘘はいってねえ」

「嘘だとわかったときは、おめえの命はねえからな」

「わ、わかっておりやす」

半吉はすっかり怯え顔である。

庄五郎は半吉の鼻の穴から指を抜いて立ちあがり、肩を動かして大きく息を吐いた。

「こいつらを連れてゆけ」

庄五郎は大男の藤次に顎をしゃくった。藤次が二人の首根っこをつかんで、半吉と金助を家から引きずり出した。

「やつらをどう始末するんです？」

聞くのは寅吉だった。

「金助は案内役に立てる。半吉の野郎の肋は折れているし、使いもんにならねえ。それにあの野郎はおれに深い恨みを抱きつづけるだろう」

「それじゃ……」

「楽にしてやれ」

庄五郎が冷めた顔でそう答えたとき、座敷の壁に背なかを預けていた音次郎は、かっと目を見開いて庄五郎と寅吉を見た。

「金助に知られねえようにやるんだ」

「へえ」

庄五郎に答えた寅吉は、懐の匕首を押さえながら戸口を出て行った。

それまで家のなかは庄五郎の威嚇《いかく》の声と、半吉と金助の悲鳴と震え声で満ちていたが、急に静かになった。のんびりした蛙の声が聞こえてくるだけだ。

音次郎は静かに目をつむった。表から小さな悲鳴ともうめきとも取れる声が聞こえてきたのは、それからすぐだった。

音次郎は小さなため息を漏らした。悪党同士の殺し合いに慈悲の心など持つ気はないが、いやなことだと思った。それから自分の役目を考えた。

要蔵は火盗改めの同心とつながっている疑いが濃厚だ。当然庄五郎もそのことを知っているはずだが、まだそれらしき話は何も出ていない。下手《へた》にそのことを口にすれば疑われるのは目に見えている。庄五郎は用心深く、そして頭も切れる。

「音次郎さん」

考えていると、庄五郎が声をかけてきた。音次郎は目を開けた。

「明日、要蔵らに殴り込みをかける。力を貸してもらいますぜ」

「さっきの二人の話を信用できるか……」

「あれだけ痛めつけてやったんだ。嘘はいってねえはずだ。要蔵がおれを狙《ねら》っているのははっきりしている。だったら先にやつの首をひっ掻くまでだ」

「さっきの話だと要蔵といっしょにいるのは六人だというが、それより多いかもしれぬ。その際、ここにいるやつだけで大丈夫か？」

「さすが編笠の音次郎さんだ。要蔵が丸屋を探らせたということは喧嘩支度をしていると考えていい。そうなるとやつは明日の朝までに、少なくとも十人は集めるだろう。いや、もう揃《そろ》えているかもしれねえ」

「それじゃ多勢に無勢だ」

「なあにご心配なく」

庄五郎は酒の入っている湯呑みをあおってつづけた。

「こっちも揃えて行くだけだ。それにその手配りも終えている」

庄五郎は手の甲で口をぬぐった。

「やることが早いな」

「要蔵が抜け目のない男だというのは、誰よりもおれがよく知っている。だが、明日の朝までやつは動かないはずだ。半吉と金助の戻りが遅いのを気にはするだろうが、明日の昼ごろまでは待つだろう」

「…………」

「おれはその裏をかく。やつが油断している明日の朝早くやつを襲う」

庄五郎は目を光らせて、言葉を足した。

「万が一ってことがある。さっきの二人以外にも丸屋を探りに来たやつがいるかもしれねえ。するとこの隠れ家も知れることになる」

「どうするのだ？」

「ここは引き払う」

「いつ？」

「たった今から」

庄五郎はぽんと、音次郎の膝をたたいて立ちあがり、まわりのものたちに声を張った。

「みんな、この家を出るぜ」

第五章　大井ヶ原

一

「お頭《かしら》、お頭……」

そんな声で要蔵は目を覚ました。

角行灯《かくあんどん》の薄い明かりが九八《きゅうはち》の顔を照らしていた。

「……どうした？」

「へえ、彦蔵《ひこぞう》さんが帰ってきやした」

要蔵は布団を払いのけて半身を起こした。

「何刻《なんどき》だ？」

「へえ、夜八つ（午前二時）過ぎです。半吉と金助が庄五郎に捕まったらしいんです」

「なんだと……。それで、彦蔵は？」

「居間で待っています」

要蔵は帯を締め直しながら居間に行った。彦蔵は急いで戻ってきたらしく、汗だくの顔をしていた。町方や火盗改めの動きを探るために、要蔵が密偵として使っている男だった。あまり目立たない中年だ。

「やつらが捕まったらしいな」

「へえ、丸屋を見張るまではよかったんですが、何をとち狂ったのか店を訪ねてゆきまして……」

「それで捕まったってわけか。やはり庄五郎が使っていた店だったのか？」

「多分、連絡場《つなぎば》に使っていたと思うんです。店には女と男二人しかおりませんで……」

「それであっさり捕まったっていうのか」

要蔵は大きな目玉を剝《む》くように見開いた。まるで雷神像の目だ。雷《いかずち》の要蔵という通り名は、その雷神像からきたものである。

「ひとりは大小を差した浪人でした。半吉も金助もそんなやつがいるとは気づかず、踏み込んだんでしょう」

「浪人が……ひょっとすると庄五郎の新しい用心棒か……」

「それはわかりませんが、その浪人に捕まったのはたしかです」

「それで半吉と金助は丸屋って店に……」

「いえ、庄五郎の隠れ家と思われる百姓家に連れて行かれました」

彦蔵はその場所を詳しく教えた。

要蔵は息を詰めたような顔で思慮をめぐらした。

「金助と半吉は口を割っているに違いねえ。すると、この隠れ家がやつらに知れたってことだ」

「どうします?」

膝《ひざ》をすって身を乗り出したのは、九八だった。要蔵とはもう何年もつるんでいる男で、庄五郎のこともよく知っていた。

「……庄五郎のことだ。やつはここを襲う気でいるだろう。あいつの腹の内は何となく読める。いかんせん、おれが仕込んだ男だからな」

そういった要蔵は、分厚い唇を舌先でぺろりとなめてからまたしばらく考えた。ごろ寝をしている仲間たちが、鼾《いびき》の合唱をしていた。

要蔵はなおも考えをめぐらした。燭台《しょくだい》の炎がそのぎらつく眼に映り込み、瞳が炎のように見えた。

「……やっぱり庄五郎は来るだろうな。半吉と金助の口を割っているなら、喧嘩支度《けんかじたく》をして今日の朝にでもやってくるはずだ」

「それじゃこっちもその用意を……」

九八が顔をこわばらせた。

「九八、助っ人は何人集まっている？」

「昨日八人ほど……」

「八人か……まあ銀次郎が四、五人分の働きはするだろう。それに、やつらの裏をかいて不意打ちをかけりゃこっちの勝ちだ」

「どうするんです？」

「みんなをたたき起こして、助っ人をすぐに集めるんだ。いいか、喧嘩支度をさせるのを忘れるな。おれたちゃ、ひとまずこの家を出て、やつらが来るのを待ち伏せする。仙台坂と青物横丁に見張りをつけろ」

青物横丁は品川寺《ほんせんじ》門前町の町屋をさす。

「この家は今すぐ出ますか？」

「みんなを起こしたらすぐだ。庄五郎を迎え討つ」

二

江戸湾はようようと白みはじめていた。空は薄い灰色の雲で覆われており、水平線の近くに弱々しい太陽が顔をのぞかせている。

手下を集めた庄五郎は、目黒川の河口に架かる中之橋を渡ったところだった。橋を渡れば南品川宿で、橋の手前が北品川宿となる。

庄五郎のそばには深編笠を被った音次郎がついている。少し離れて藤次と寅吉。

他の手下は、行商人に化けたり旅人姿で、仙台坂上の大井ヶ原をめざしている。通り（東海道）の両側には南品川宿の町屋が並んでいる。朝まだきのこの時分に開いている店はなく、また人の姿も少なかった。猫が路地を歩いたり、往還を横切る野良犬がいる。

諏訪《すわ》神社のそばに来て、庄五郎が足を止めた。

「たしかこれを右に行っても、同じ大井ヶ原に行けるはずだ。……寅吉」

庄五郎は後ろからついてくる寅吉を呼んだ。

「へい」

「こっちの道からでも行けるはずだな」

　庄五郎は青物横丁の通りに顎《あご》をしゃくった。

「行けます」

「先にいったやつらは仙台坂を登るはずだ。こんな朝早く同じ道を通れば目立つ。それに要蔵が見張りを立てているかもしれねえ。後ろから来るやつらに、この道を使うように伝えるんだ」

「承知しやした」

　音次郎は後戻りしてゆく寅吉を見送って、空を見あげた。

　だいぶ明るくなっている。要蔵の隠れ家の道案内役となった金助は、北品川宿にある問答河岸《もんどうがし》で調達した舟に押し込められている。その舟はことが片づくまで、中之橋のたもとで待機していることになっていた。もちろん、手下が見張りについている。

　音次郎は庄五郎といっしょに青物横丁を抜け、仙台坂の上に辿《たど》り着いた。先に着いていた仲間が、池上道のほうにたむろしていた。

　もうこのあたりは閑散とした畑地だ。杉と竹の木立のずっと向こうに、越前鯖江《さばえ》藩の下屋敷と、その塀が見え隠れしている。

先に着いていた仲間は五人である。いずれも行商人姿か旅人姿だ。それぞれに荷物を背負っていた。

「要蔵の隠れ家はもう目と鼻の先だ。みんな支度をするんだ」

庄五郎の言葉で、みんなは荷物を足許に置き、喧嘩支度をはじめた。長脇差しを腰に差し、さらに短刀を懐《ふところ》に忍ばせる。尻を端折《はしょ》り、襷《たすき》をかける。用意のいいものは手甲《てっこう》と脚絆《きゃはん》をつけた。

七つ半（午前五時）の鐘が鳴って間もなく、寅吉といっしょに後続の手下たちがやってきた。合わせて十二人になった。欠伸《あくび》をかみ殺すものがいる。みんな十分な睡眠をとっていない。音次郎も一刻（二時間）ほどしか寝ていなかった。

近くの木立から鳥の鳴き声が沸き立ち、鴉《からす》の声が高くなった。

「まず、要蔵の隠れ家をたしかめる。みんなついてきな」

庄五郎が先頭に立った。遅れて寅吉と藤次。

音次郎は仲間から遅れてしんがりを務めた。歩きながら周囲の気配に警戒の目を向けるが、変わった様子はなかった。

池上道に入って三町（約三百二十七メートル）ほど行ったところで、右に折れる小道があった。でこぼこ道の脇は雑草の生い茂る畑だった。夜露を含んだ道端の草が光っていた。

道幅は二間ほどだ。小高い丘があり、土手がある。周囲には朝靄《あさもや》が漂っていた。

「あれか……」

庄五郎が足を止めた。杉林のそばに百姓家があった。金助が嘘《うそ》をついていなければ、それが雷の要蔵の隠れ家だ。

「家を囲むように散らばるんだ。おれが草笛《くさぶえ》を吹くまで動くんじゃねえぞ」

手下らがこわばった顔でうなずき、散っていった。

「助三郎、あの家を見てこい。気づかれねえようにやれ」

「まかしてください」

助三郎はごくっと生つばを呑《の》み込むと、腰をかがめて百姓家に近づいていった。

東の空に昇りはじめた太陽が、雲の隙間《すきま》から地上に光の束を落とした。音次郎はどう振る舞えばいいか考えつづけていた。

要蔵を斬《き》り捨てるという役目もあるが、その口からつながっている火盗改め方の人間を聞きださなければならない。庄五郎にあっさり殺させるわけにはいかない。かといって、要蔵を庇《かば》えば庄五郎は黙ってはいない。最悪両者を敵にまわすことになる。うまく立ち回るためには……。

そこまで考えたとき、百姓家を探っていた助三郎が駆け戻ってきた。

「おかしいです。家のなかに人の気配がありません」

「なんだと……」

庄五郎は片眉《かたまゆ》を大きく動かした。

「誰もいないっていうのか?」

「どうも人のいる様子がないんです」

「金助の野郎、でたらめを教えたんじゃねえだろうな。よし、調べてみよう」

庄五郎を先頭に四人の手下が百姓家に近づいていった。

音次郎はその場に残ってあたりに目を凝らした。薄い雲の向こうにある太陽はさっきより高くなっていた。いつの間にか靄が払われ、景色が鮮やかになっている。足許から強い草いきれが立ち昇ってきた。

顔を百姓家に戻したとき、庄五郎が戸口を開けて家のなかに飛び込んだのが見えた。手下もそれにつづいた。すぐに、寅吉が表に現れ、みんな集まれと手を振った。

音次郎は眉根を寄せて百姓家に足を向けた。家のまわりに隠れていた手下がどこからともなく現れた。

「やつらがここにいたのはたしかだろう。ちきしょう、ずらかりやがったか……」

音次郎が百姓家に入ると、庄五郎が座敷で悔しがっていた。

「それじゃどこに行ったんです？」

「そんなことおれに聞いたってわかるわけねえだろう」

庄五郎は寅吉に毒づいた。

「やつらはいつここを払ったと思う」

音次郎は竈《かまど》の前にしゃがみ込んで、灰に手をあてた。まだ、ぬくもりがある。

「昨日か……」

と、庄五郎がいったとき、

「違う、要蔵がここにいたなら。まだこの家を出てそうたっていない」

音次郎はしゃがんだまま庄五郎を振り返った。

「それじゃ近くにいるってことか……」

庄五郎が考える目つきになったとき、表で慌てた声がした。

「お頭、大変です！」

音次郎が立ちあがったとき、また違う声が聞こえた。

三

「庄五郎、おめえらはもう袋の鼠《ねずみ》だ。観念しな」

表からそんな声がすると同時に、わあーという喊声《かんせい》があがった。

はっと音次郎に顔を振り向けた庄五郎は、

「くそ、裏をかかれた」

そういうなり、腰の刀を引き抜き、縁側の雨戸を蹴破《けやぶ》って表に飛び出した。他の手下も表に飛び出した。

だが、音次郎は慌てなかった。刀の鯉口《こいぐち》を切ったまま、ゆっくり土間を抜けて戸口を出た。表は芋を洗うような乱闘騒ぎになっていた。畑で揉《も》み合うもの、庭で鍔競《つばぜ》り合いをするもの、狭い道で刀をぶつけ合うもの。斬《き》られた腕を押さえて逃げるものもいれば、林のなかに刀を振りあげて駆けていくものがいた。

音次郎はどれが要蔵だと探る目をめぐらしたがよくわからなかった。いきなり斬りかかってきた男がいた。さっと半身をひねるなり、抜刀した音次郎は、空振りして体勢を崩した男の左肩に強烈な一撃を見舞った。

「ぎゃあ！」

肩を斬られた男は絶叫をあげて、地面を転がった。

長槍《ながやり》を持った男二人が目の前に現れた。及び腰ながら槍を突き出してくる。音次郎はうしろに下がった。

「要蔵はどこだ？」

「うるせえ！」

右側の男が鋭い突きを送り込んできた。音次郎は刀の峰で弾いたが、もうひとりが足を狙《ねら》って突いてくる。

音次郎は間合いを取るために下がって、刀の切っ先を右下に向けた。左胸をがら空きにさせた恰好《かっこう》である。

「かかってくれば、命はないぞ」

いってやると、相手にひるみが見えた。それでもじわじわと間を詰め、槍を突き出してくる。右側の男は胸から上を、左側の男はその下を狙う。息のあった攻撃だ。腕はたいしたことないだろうが、実戦ではこれがかなり通用する。

「たあッ！」

左側の男が槍で脛《すね》をなぐように振った。音次郎はその槍の柄を横殴りに叩《たた》き斬った。

ビシッと、鋭い音がして槍先が吹き飛んだ。男はただの棒切れとなった槍の柄を持って目を丸くした。

それを見た右側の男が口を引き結んで、渾身《こんしん》の突きを繰り出してきた。音次郎はその槍の柄をすりあげるなり、相手の懐に飛び込み、顎《あご》に強烈な右肘《ひじ》打ちを見舞った。

相手はその衝撃で、真後ろにどさりと倒れ動かなくなった。

「要蔵はどいつだ?」

ただの棒切れと化した槍の柄を持っている男に、一歩足を踏み出して聞いた。男は視線をきょろきょろ動かすなり逃げようとしたが、音次郎がその背に一太刀浴びせた。

「ぎゃあ!」

男は万歳をする恰好で前に倒れた。

「退《ひ》け、退け、退くんだ!」

杉木立の前で庄五郎が叫んでいた。

音次郎は要蔵を捜そうとしたが、叫びつづける庄五郎に目を向け、ここはいったん退散することにした。

庄五郎の手下が杉木立めざして駆けていた。追ってくる要蔵の手下がいたが、途中であきらめて立ち止まった。

「要蔵はどの男だ？」

音次郎は庄五郎のそばに行くなり聞いた。

「もういねえ。ともかくいったん引きあげだ」

「もういないとはどういうことだ？」

音次郎は庄五郎を追いかけながら聞いた。

「やつは高みの見物だ。いつもそうなんだ。遠くからこっちを見ていたに過ぎねえ」

音次郎は後ろを振り返った。要蔵の仲間が池上道のほうに駆け戻っていた。

「何人残ってる？」

杉木立のなかを抜けながら、庄五郎が憤然とした顔で誰に聞くともなしに聞く。

「ここには七人しかおりません」

答えるのは寅吉だ。斬られた左腕を押さえていた。袖《そで》が血に染まっているが、傷はたいしたことなさそうだ。

「他のやつはどうした？」

「誰かわかりませんが、二人斬られるのを見ました。それに逃げたやつもいます」

「くそっ、面白くねえ」

やがて木立を抜けて細道に出た。

「追って来るやつはいねえだろうな」

庄五郎は後ろを振り返った。

「追っ手はいないようだ」

答えたのは音次郎だった。

「音次郎さん、あんた何人斬った？」

聞いてくる庄五郎の顔が木漏れ日に照らされていた。

「三人だ」

「そうか。さすがだ……」

庄五郎はそのまま足を急がせた。藤次がどこへ行くんだと聞く。

「うるせえ、黙ってついて来やがれ」

庄五郎に一喝された藤次は、大きな体を縮こまらせた。

小道を進んでゆくと、目黒川の支流になる小川に出た。一行はそこで水を飲み、やっと一息ついた。

「このままじゃ終わらせねえ。ともかく、つぎの手を考えるんだ」

袖で口をふいた庄五郎は、雲が払われまぶしくなった太陽をにらんだ。

それから半刻後——。

庄五郎に付き従う音次郎は、北品川宿にある和田屋という小さな旅籠《はたご》に入っていた。二階の二間を借り、仕切の襖《ふすま》を開けて一間にしていた。

旅籠の前には海に注ぐ目黒川が流れており、対岸が品川洲崎である。

「結局、これだけか……」

庄五郎はため息混じりに、仲間の顔を見て茶を飲んだ。

その部屋には八人の男たちが顔を揃《そろ》えていた。ひとりは要蔵の手下で、今や人質同然の金助だった。

「おれがひとり、音次郎さんが三人、藤次がひとり、寅吉は……」

庄五郎が寅吉に目を向けた。

「あっしは……」

寅吉は恥ずかしそうにうつむいた。

「やられただけか……すると、おれたちゃあいつらを五人始末して、五人失ったって勘定か……」

「逃げた仲間もいますが、五分と五分ですね」

「なんだと……」

　庄五郎は軽口をたたいた寅吉を厳しくにらんだ。

「仲間を失って五分と五分っていい方があるか。てめえ、殺された仲間のことを何とも思っちゃいねえのか……」

「いえ、そんなことは……」

「だったら軽はずみなことというんじゃねえ」

「それで、これからどうするのだ？」

　音次郎は話に割り込んだ。

「盗みばたらきはしばらくお預けだ。もっとも今じゃそのあてもねえが。ともかく今は、要蔵を始末するのが、おれたちの仕事だ」

「だが、どうやって要蔵を捜す。何か手立てがあるか？」

「…………」

「こうして油を売っている間にも、やつは遠くに逃げているかもしれぬだろう」

「そんなことはねえさ。やつはおれの命を狙っている。要蔵って野郎はそんなに簡単にあきらめるやつじゃねえ。必ず、おれをつけ狙って近づいてくる」

「それじゃどうする？」

音次郎はじっと庄五郎を見つめた。何か深い考えがありそうな顔をしていた。だが、ふっと、息を吐いて肩の力を抜いた。

「一寝入《ひとねい》りして考える。話はそれからだ」

庄五郎はそのまま畳にひっくり返って目を閉じた。

他の仲間も足を投げ出して壁に背を預けたり、横になったりした。

音次郎はそんな仲間のことをしばらく眺めてから、自分も目を閉じた。

四

庄五郎らが一時の休息場に使っている旅籠から、一里ほど東海道を上ったところに浜川町がある。現在の京浜急行線の立会川駅の近くにあたる。その町の外れを流れる立会川の畔に、一軒の畳職人の家があった。

仲間を引きつれた雷の要蔵が目をつけたのが、その家だった。畳職人はもう六十近い老人で、仕事も昔からの顔なじみだけの依頼しか受けなくなっていた。年老いた女房とつましい暮らしをしていたのだが、不幸は突然やってきた。

老職人が朝餉《あさげ》をすませて戸口から出ようとしたときだった。要蔵がその戸口の前に立ったのだ。

老職人は要蔵の凶悪な顔と、その背後に控える男たちを見て、身をすくませた。血糊《ちのり》のついた着物を着ているものもいれば、顔に返り血をこびりつかせているものもいる。

「な、何の御用でしょう？」

老人は声を震わせて訊《たず》ねた。

「ここが気に入った」

「は？」

「ここが気に入ったといってるんだ」

「どういうことでしょう？」

「こういうことさ」

要蔵はそういったとたん、老人の土手っ腹に、袖に隠し持っていた匕首《あいくち》の切っ先を突き入れた。

「うげっ」

老人は濁った目を大きく見開いて、そのまま膝から崩れ落ちた。がちゃんと、土間奥で音がした。女房が盆を取り落として、驚愕《きょうがく》に顔を張りつかせていた。

要蔵はずかずかと土間に入ると、

「他に誰かいるか？」

そう聞いたが、女房はしわ深い顔をこわばらせたままだった。

「いるのかって聞いてるんだ」

「い、いいえ」

「なら、ちょうどいい」

女房が後ずさりして逃げようとしたが、要蔵は片手をつかみ取り、ついで華奢《きゃしゃ》な首に太い腕をまわした。そのまま強く締めつけた。

女房の目が飛び出しそうに大きくなり、顔が赤くなった。やがてその顔から血の気が引いていった。ゴキッと、首の骨の折れる鈍い音がすると、女房はへなへなと土間に倒れた。

「邪魔だ。裏庭にでも放ってきな」

手下にそういいつけた要蔵は、草履の先で死んだ女房の腰を押しやるように蹴《け》り、そのまま板敷きの居間にあがり込んだ。仲間たちもぞろぞろと家に入ってきて、適当なところに腰をおろした。

「庄五郎をあのまま放っておくのか？」

聞くのは用心棒の銀次郎だった。

「このまま見逃す手はねえ。やつがいちゃ今後の仕事にも障《さわ》りがある。このまま一気にたたきつぶしてやる」

「そうはいってもやつらは逃げていった」

「そう遠くへ行っちゃいねえさ。やつはおれがすぐにあきらめねえのをよく知っている。この界隈《かいわい》を捜しに来るのは目に見えている」

要蔵はそういって狭い台所に目をやった。竈《かまど》の上に鉄瓶《てつびん》が置かれている。

「誰か茶を淹《い》れろ」

そう命じてから煙草入れを取りだして、煙管に刻みを詰めた。殺されたり怪我をした仲間を除けば、使えるのは六人。

煙管に火をつけてひと吹かしした。紫煙の流れを目で追いながら、この人数で足りるかと頭で勘定する。庄五郎の連れは七、八人いたはずだ。仲間を揃える暇はないだろう。あったとしても、殺されるかもしれない斬り合いに喜んでくるやつはいないはずだ。

「どうした？」

考え事をしていると銀次郎が声をかけてきた。

「何かうまい手がないか考えているんだ」

「庄五郎を殺すなら、やつらの居場所を突き止めるのが先だろう。それを考えればいいことだ」

「見当ついてりゃそうする。だが、やつらはどこにいるかわからねえ」

「おぬしは遠くへ行っていないといったばかりではないか。つまり、近くにいるということではないのか……」

「銀次郎の旦那《だんな》。近くといっても、世間は広いんだ。品川界隈にいるとは思うが、品川だって狭くはねえ」

「おびき出せばいいだろう」

それは要蔵も考えていることだった。

「おびき出すには餌《えさ》がいる。その餌がねえんだ」

「……それじゃ手の打ちようがないではないか」

銀次郎はあきれたように柱に背中を預けた。

以平《いへい》という手下が茶を持ってきた。要蔵は湯呑みをつかんで、ずるりと音をさせて飲んだ。それから以平の顔を眺めた。

「おめえはよく鼻の利くやつだったな」

「犬じゃありませんが……」

以平は遠慮がちにいって、耳の後ろをかいた。顔が狸《たぬき》に似ていれば、腹も狸みたいに出っ張っていた。

「庄五郎のことは知っているな」

「そりゃもう」

「やつの仲間も何人か知っていたな」

「へえ、今日は見た顔が二、三ありました」

「それじゃこれから彦蔵といっしょに品川の宿場を流し歩いて来な。やつらを見つけたら急いで戻ってくるんだ」

「これからですか？」

「あたりめえだ」

要蔵はそういって金を放った。

しばらくして以平と彦蔵が連れ立ってその家を出て行った。

「槍使いの兄弟を倒したやつを見たが、やつが庄五郎の用心棒か……」

銀次郎が思い出したようにつぶやいた。

要蔵もそのことを思い出した。遠目で顔はよく見えなかったが、槍使いの兄弟はあの男に殺された。

「あんた、あの男に勝てる自信はあるか？」

銀次郎の顔がゆっくり要蔵に向けられた。小さな眼《まなこ》がきらっと光ったように見えた。

「強いやつが相手なら仕事の甲斐《かい》があるというものだ。雑魚《ざこ》相手は退屈なだけだ」

「頼もしいことを……。ともかく寝てないんだ。しばらく休んだがいい」

「そうするさ」

銀次郎は背後の茶簞笥《ちゃだんす》にもたれて目をつぶったが、要蔵がすぐに声をかけた。

「あんたは庄五郎の用心棒だった。寝返っておれの用心棒になった男だ。おれにこれからも、ずっとついてくれるという証《あかし》を見せてくれ」

銀次郎はかっと目を見開いた。

「庄五郎を始末したら、もっと金を弾む」

「……望むところだ」

五

和田屋という旅籠の二階座敷では男たちの鼾が響いていたが、それも昼下がりになると静かになった。ひとりが目を覚ますと、またひとりといった具合に起きだしたのだ。

それから半刻ほどたっており、みんなは注文したにぎり飯とみそ汁で小腹を満たしたところだった。

「雷の要蔵のことだが……」

音次郎は食後の茶を飲みながら庄五郎に声をかけた。

「やつはこれまで一度も捕まったことがないらしいが、何か奥の手でもあるのか？」

これはある意味のカマかけだった。煙管を吹かしていた庄五郎は、ふんと鼻を鳴らして答えた。

「おれも捕まっちゃいねえ。捕まっちまえば打ち首だ。だから捕まらないようにするだけさ」

「それはそうだろうが、企《くわだ》てが漏《も》れるようなことはなかったのか……」

「あったらこうやって生きちゃおれないだろう」

庄五郎は煙管の灰を落として、不遜《ふそん》な笑みを浮かべた。

「それだけ用意周到にやってきたというわけだ」

「まあな」

音次郎はもっと突っ込んだことを聞こうと思ったが、庄五郎の用心深そうな目を見て、下手な詮索《せんさく》はやめるべきだと判断した。

「ところで要蔵というのはどんな男なんだ？」

「どんなとは？」

「おぬしは要蔵に仕込まれたのだろう。やつの気性はよくわかっているはずだ」

「わかりすぎるほどだ。一言でいやあ残忍な野郎さ。慈悲の心なんて欠片《かけら》も持ち合わせちゃいねえ。金もそうだが、やつは血を流すのが好きなんだ。おれはそれがいやで離れたのさ」

「やつの下にいたのなら、おぬしも殺しを……」

「そりゃあ……仕方なしに何度かやったさ」

庄五郎はチッと舌打ちをして、

「思い出したくもねえ殺しもやっちまった」

と、言葉を足して、黄昏《たそが》れはじめている空に目を向けた。

「今日、やつを見なかったが、どんな面構えをしている？」

「雷神像のようにぎょろりと目玉の大きな男だ。体もどっしりしている。会えば一目でそれとわかるはずだ。そんなことを聞いてどうする？」

「会ったとき、見分けがつかぬと困るからな」

「お頭、音次郎の旦那を使っちゃどうです？」

いったのは寅吉だった。

「どういうふうに？」

「要蔵は音次郎さんを知らないんだから、要蔵に近づいて、ばっさりやってもらえばいいじゃないですか……」

ふむと、小さくうなずいてから庄五郎は考えた。

「……要蔵の居所がわかってりゃ、いい考えかもしれねえ。だが……」

庄五郎は言葉を切ってから、また考えはじめた。それからゆっくり顔を動かして、金助を凝視するように見た。

視線を向けられた金助は、居心地悪そうに尻をもぞもぞ動かした。

「そうか……こっちの居所をやつに教えてやりゃいいんだ」

庄五郎は独り言のようにつぶやいた。

「どういうことだ？」

音次郎は端正な庄五郎の横顔を眺めて、問いかけた。庄五郎は金助を見たままだ。

「金助、おまえを自由にしてやる」

「へっ……どういうことで？」

「いやだっていうのか」

「いいえ、そうじゃありませんが……」

「おまえが要蔵を捜すんだ。おまえだったら捜せるだろう。どうだ？」

「へえ、そりゃどうかわかりませんが……」

「要蔵はおれを捜すためにこの辺に手下を放っているはずだ。やつのことは何となくわかる。その手下におまえが会えばいい」

「そ、そりゃ……まあ、でも……」

金助は要領を得ない顔をしている。

「仲間に会ったら要蔵のもとへ行ってこう伝えるんだ。今朝行ったあの百姓家でおれが待っているとな。要蔵が隠れ家にしていたあの大井ヶ原の百姓家だ」

「へっ……」

「おれたちゃ、これからあの家に移る。わかったら行け」

「いいんで……」

「早く行け」

庄五郎が顎をしゃくると、金助はおどおどしながらも座敷を出ていった。すぐに階段を慌てて駆け下りる音がした。

「今度はやつを迎え討つというわけか」

音次郎は半ば感心顔をしていった。

「こんなことは長引かせたくない。要蔵だってそう思っているはずだ」

「なるほど。だが、うまく行くかな」

「やるしかねえんだ。みんな、ここを払うぜ」

表情を引き締めた庄五郎は、すっくと立ちあがった。

六

和田屋を出た金助は心底安堵《あんど》していた。いずれ自分は殺されると思っていたから、いざとなったら庄五郎に忠誠を誓って寝返ろうと考えていたのだ。

ところがどうだ、おれはこうやって生きていると、嬉《うれ》しくて仕方なかった。まさに九死に一生を得た思いだった。

両手を広げてぴっと袖を伸ばした金助は、北品川宿の往還に出ると、大きく息を吸って吐き出した。往来には旅人や行商人、そして町屋の娘や子供たちの姿があり、呼び込みの声でにぎやかだった。

金助は死ぬ思いをしたあとなので、もう盗人稼業から足を洗おうという考えが頭にあった。庄五郎にいわれたように要蔵のもとに戻れば、また危ない橋を渡ることになる。命はいくつあっても足りないだろう。

よし、もうやめだ。

胸の内で強くつぶやいた金助は、江戸の町へ戻りはじめた。逆の道を辿《たど》れば、庄五郎がいったように要蔵に会えるだろうが、もう懲り懲りだった。足を洗うと決めると、何だか心が軽くなった。

しかし、しばらく行ってから、この先どうやって生きていくかということを考えた。財布は庄五郎の仲間に取りあげられたので、からっけつである。食うにも生きるにも金がいる。とりあえず日傭《ひようと》取りでもやるかと考えたが、あくせく働くのも馬鹿らしいという思いがある。

金助は谷山稲荷《やまいなり》の前で足を止めた。商人や職人が重宝している有名な稲荷だった。開運出世と商売繁盛につながるという。その御利益《ごりやく》に与《あずか》ろうと、金助は手を合わせたが、要蔵のもとに戻れば、金に不自由することはないという甘い考えが鎌首《かまくび》をもたげる。

地道に働いたところで金なんて貯まるはずがない。商売でも何でもはじめるにはその元手がいる。要蔵といっしょに仕事をすれば、その元手が楽に入る。

「……どうすりゃいいんだ」

独り言をつぶやいて、来た道を振り返った。

声をかけられたのはそのときだった。そっちを見ると、密偵専門の彦蔵の姿があった。そばには狸の以平の顔も。

「やっぱり金助だった。どうもそうじゃねえかと見ていたんだ」

彦蔵が頰に笑みを浮かべながら近づいてきた。

「庄五郎に捕まったんじゃなかったのか?」

「それがいろいろあってな」

金助は昨日からのことを、かいつまんで話した。

「それじゃすぐにお頭のところへ戻ろうじゃねえか」

話を聞いた彦蔵はそういった。

堅気になろうとした金助の気持ちは、あっけなく消えてしまった。

「何だと、庄五郎があの百姓家に……」

金助の話を聞いた要蔵は、太い眉といっしょに、大きな目をぎょろぎょろ動かした。

「あの野郎、生意気なことを……いいだろう。やつの申し出を受けてやる。それで向こうには何人いる？」

「七人です」

「七人か……こっちもおまえが戻ってきたので七人。売られた喧嘩は買うのがおれだ。上等じゃねえか」

「向こうには用心棒みたいな浪人がいるようだが……」

聞いたのは辻銀次郎だった。

「へえ、編笠の音次郎っていう浪人です」

「腕のほうはどうだ？」

「さあ、よくはわかりませんが、庄五郎はずいぶん買っています」

「そうかい。まあいいだろう」

銀次郎は顎の無精髭をぞろりと撫《な》でた。

「それで、やつらはあの家で待っているんだな」

要蔵は煙管を吹かしながら金助に聞く。

「もう行っているはずです」

「そうかい」

要蔵は宙の一点をにらんでから言葉を継いだ。

「やつの望みどおりに乗り込んでやろうじゃねえか」

そういって、煙管を灰吹きにたたきつけた。ぽこっと、鈍い音がした。

「それにしても庄五郎の野郎、おれの恩を忘れて盾突《たてつ》くことばかりしやがって……何とも忌々《いまいま》しい野郎だ」

要蔵はゆっくり立ちあがって、外を眺めた。

「まだ日はある。明るいうちに片づけてやろうじゃねえか」

「ただ乗り込むだけではまずいのではないか。庄五郎は罠《わな》を仕組んでるかもしれぬ」

忠告するのは銀次郎である。

「そんなこたあいわれるまでもない。とりあえず、やつらの様子を見てから出方を考えるさ。さあ、行くぜ」

七

太陽は傾いてはいるが、まだ沈むまでには間がある。

西の空に浮かぶ雲は黄金色や紅《くれない》に染まっている。

音次郎は百姓家の前に立って、その空を見たり、要蔵らがやってくるであろう道に目を向けていた。

庄五郎は何の策も練らず、真正面から要蔵を迎え討つと息巻いている。それはそれでよいだろうと、音次郎は関知しなかった。いずれにせよ、世間に迷惑をかける盗賊同士の喧嘩である。互いに殺し合いをしてくれれば手間が省けるというものだ。

だが、あっさり要蔵に死なれては困る。庄五郎の味方をしながら、今しばらく要蔵に生きていてもらわなければ、音次郎の使命は果たせない。その辺が考えどころであった。

ひらひらと蝶々《ちょうちょう》が目の前を飛んでゆき、寺の鐘が聞こえてきた。

七つ半（午後五時）の鐘だった。

遠くの道から助三郎が駆け戻ってくるのが見えた。

「やつらが来ます！」

その声で、縁側に腰をおろしていた庄五郎たちが立ちあがった。みんな長脇差しを腰に差し、襷《たすき》をかけて捻《ねじ》り鉢巻きをしていた。

音次郎も股立《ももだ》ちを取って、ゆっくり襷をかけた。

風が出てきてそばの林を騒がせた。

要蔵らの姿が見えたのはそれからすぐだった。家の前に勢揃いしている庄五郎たちを見ると、その足が止まった。彼らもゆっくり左右に広がった。

「庄五郎、てめえってやつはこしゃくな野郎だ。おとなしくおれについてりゃいいものを、勝手な真似をしくさって、食えねえ野郎だ」

要蔵が一歩進み出てひとくさり恨み言を口にした。

「おれはあんたのために存分に働いてきた。おれが何をやろうと文句はねえはずだ。それなのに、おれの押し込み先を横取りしやがって……」

「ほざけッ！　先に入ったもの勝ちだ。四の五のいうんじゃねえ」

要蔵と庄五郎の罵《のの》り合いはしばらくつづいた。

音次郎は要蔵の手下に目を配っていた。ひとりが横の畦道《あぜみち》に動いている。庄五郎の仲間も杉木立の下に動いていた。これは勇吉だった。

「何をいってもはじまらねえ。てめえの命は今日までだ！　かかれッ！」

要蔵が声を張りあげると、手下らが刀を抜き払った。

庄五郎たちも一斉に腰のものを抜いて身構えた。互いにじりじりと間を詰めてゆく。空気をつければ、今にも張り裂けそうな、殺気だった緊張感が高まった。

音次郎は身じろぎもせず動かなかったが、さっきから強い視線を受けていた。銀次郎という要蔵の用心棒だ。大きな男だ。人の胸を射抜くような鋭い眼光を飛ばしつづけてくるが、音次郎も視線をそらさず受けていた。

「てめえらぶっ殺してやる！」

先に仕掛けたのは庄五郎のすぐ横にいた助三郎だった。刀を振りあげ突っ込んでいった。それが合図となって、両者入り乱れての殺し合いがはじまった。

音次郎は一歩も動いていなかった。だが、辻銀次郎が、まわりの騒ぎには目もくれず足を進めてきた。

音次郎は銀次郎との間が四間になったとき、刀の柄に手を添え、親指で鯉口を切った。それを見た銀次郎はさらりと刀を抜いた。

刀身が西日を弾き返し、きらりと光った。

「雑魚相手は退屈だ。おぬしの相手はおれがやる」

銀次郎はあまり口を動かさずにそういうと、ぐっと腰を落として脇構えになった。それから左足を前に出し、半身になって間合いを詰めてくる。

音次郎はじっと銀次郎の動きを見、両者の間合いが一間半になったとき、勢いよく抜刀するなり、前に飛んで刀を横に振り抜いた。

銀次郎は半身になってかわすと、刀を上段から振り下ろしてきた。風切り音が音次郎の耳朶《じだ》に響いた。互いの刀は相手の体に触れもしなかった。

すれ違った両者は、素早く振り返って青眼に構え直した。

こうやって対峙《たいじ》すると、銀次郎は聳《そび》える岩のように大きい。まるで二階から見下ろされるような威圧感を覚える。銀次郎がじわじわと間合いを詰めてくる。

「……やるじゃねえか」

銀次郎が声を漏らして、にやりと口許をゆがめた。

音次郎はなにも答えず横に動いた。剣先をぴくっと上げると、銀次郎の足が止まった。大きな足の指が地面をしっかりつかんでいる。

音次郎はさらに右に動いた。銀次郎の体が、音次郎の眉間《みけん》に向けられた刀といっしょに動く。音次郎はすうと、息を吐いてさらに右に動いた。ちょうど太陽を背にする恰好になった。

夕日に顔をあぶられた銀次郎が、小さな目を細めた。周囲では罵声《ばせい》や悲鳴がしているが、音次郎と銀次郎のいる空間だけは、別次元のように静かである。

「来ぬか」

銀次郎が誘った。同時に、突きを送り込んできた。

その刹那《せつな》、音次郎は左に体を動かし、銀次郎の刀を払い落とすように打った。癇《かん》に障るいやな金属音がして、小さな火花が散った。銀次郎はすぐに刀を引くと、肩から胸をめがけ振り下ろしてきた。

音次郎は左に半間飛ぶと、今度は地を蹴って前に飛びながら刀を横に振り抜いた。銀次郎は大きな体を俊敏に低めてかわした。だが、銀次郎の体勢は崩れたままだ。音次郎は返す刀で、銀次郎の右肩に強烈な一撃を見舞った。

がつっと、鈍い音がして、銀次郎が口をゆがめ両目を剝《む》いてにらみあげてきた。音次郎はさらに右腕に刀を打ち込んだ。刀を持った銀次郎の手首が切り離された。

「うぐっ」

うめいた銀次郎は額に脂汗を浮かべたが、気丈にも左手で脇差しを抜いて、音次郎に突き入れてきた。だが、もはやその攻撃に鋭さはなく、音次郎は半歩下がりながら上段から刀を振り下ろした。

血管の切れる鈍い音がして、銀次郎の首の付け根から血潮が迸《ほとばし》った。

音次郎は数歩あとに下がって、血刀にふるいをかけた。そのとき、銀次郎の大きな体がどうと大地に倒れた。

音次郎はすぐにまわりを見た。背中を斬られ木の幹を抱くように倒れているものがいれば、仰向けになって手足をぴくぴく動かしながら、断末魔の叫びをあげているものもいた。

相撲崩れの藤次は土手下で両足を投げ出して事切れていた。血だらけの顔で、藪に倒れているものもいる。

音次郎は要蔵を追いつめている庄五郎と寅吉に気づいた。

今、要蔵を殺されては困る。

音次郎は脱兎《だっと》のごとく駆け出すと声を張った。

「庄五郎、やめるんだ！」

寅吉が振り返った。

音次郎は畦道に追い込まれている要蔵と、庄五郎の間に立ち塞《ふさ》がった。

「音次郎さん、邪魔するんじゃねえ。そいつはおれが斬るんだ」

「ならぬ」

音次郎は要蔵に向けていた刀を、横に持ちあげて制した。

「何しやがる！　そこをどけ！」

「ならぬ、こいつはおれがもらい受ける」

「なんだと！」

庄五郎は額に青筋を立てた。

「だったらおめえも、いっしょに斬るだけだ」

寅吉が撃ちかかってきた。

音次郎はあっさりとその刀を撥《は》ねあげるなり、胸を断ち斬った。

「うぎゃあ！」

寅吉は絶叫をあげて畑に倒れた。

音次郎はその剣先をすぐに庄五郎に向けた。

「邪魔をするな。要蔵はおれがもらい受ける」

「い、いったいてめえは……」

庄五郎は目をぎらつかせて音次郎をにらみつけた。

「手出ししたら、容赦なく斬る」

音次郎は要蔵にも注意の目を配りながら、庄五郎に刀の切っ先を向けた。

「何のつもりで、こんなことしやがる？」

庄五郎は牙《きば》を剥くような面構えになっていう。

「いいから下がれ」

「くそっ……」

庄五郎は口をゆがめながら一歩、二歩と下がっていった。

第六章　戻ってきた男

一

要蔵は畦道《あぜみち》に尻餅《しりもち》をついた恰好《かっこう》で音次郎をにらみあげていた。

庄五郎は数間下がっただけで、そこから動こうとしない。黄昏《たそが》れた空を鳴き声をあげながら鴉《からす》が飛んでいった。

音次郎は刀の切っ先を要蔵の顎《あご》にぴたりとつけた。要蔵のぎょろ目が音次郎と突きつけられた刀を往き来する。

「雷《いかずち》の要蔵、噂《うわさ》どおりの悪党面だな」

「……何だ、てめえは？」

「向島の花膳を襲ったのはおぬしだな」

「それがどうした？」

「小糠《こぬか》の金次という男を知っているな」

音次郎は目に力を込めて要蔵を見下ろす。

要蔵は黙したままだ。

「その金次は花膳のそばで殺されていた。おまえの仕業だったのか、それとも……」

「てめえ、何でそんなことを知りたがる。まさか町方の……」

「黙れ」

音次郎は刀の切っ先で、要蔵の顎を持ちあげた。

「聞くことにおとなしく答えるのだ。金次は火盗改めの密偵だった。だが、おまえともつながっていたのではないか……どうだ」

「そんなことを聞いてどうする？」

「どうなのだ」

「要蔵、いうんじゃねえ！」

声を割り込ませてきたのは庄五郎だった。音次郎はかまわなかった。

「いえ」

「ふん、そんなこたあ……」

要蔵がそういったときだった。一本の矢が要蔵の胸に突き刺さったのだ。

音次郎は、はっとなって、あたりを見た。また矢が飛んできた。その矢は、今度は音次郎めがけまっしぐらに飛んでくる。

音次郎は体をひねってかわした。一方の林のなかに駆け込んでいく男がいた。誰かはわからなかった。目を戻すと、要蔵が口をあわあわ動かして横に倒れた。

「おい、要蔵」

音次郎はしゃがみ込んで要蔵の肩に手を添えたが、すでに遅かった。ぎょろ目を白黒させて、そのまま息絶えてしまったのだ。胸に刺さった矢が、心の臓を貫いたのだろう。もしくは矢に毒が塗ってあったのかもしれない。

背後で駆ける足音がした。はっとなって、音次郎は振り返った。杉木立の手前で庄五郎が足を止めてこっちを見た。

「てめえ、まんまとはめやがったな！」

「庄五郎、待て！」

音次郎は声をかけて立ちあがったが、庄五郎は身をひるがえすと、むささびのように杉木立のなかに飛び込んで見えなくなった。

音次郎は数間駆けただけで、立ち止まった。あたりには薄闇《うすやみ》が降りはじめていた。

周囲の畑地が荒涼と見え、盗賊らの死骸《しがい》があちこちに転がっていた。

音次郎は懐紙で刀をぬぐって鞘《さや》に納めた。

それから庄五郎の逃げていった杉木立に目を向けた。

やつを追わなければならない。

二

品川宿に着いたときは、すっかり夜の闇が濃くなっていた。空には星がまたたいており、瘦《や》せ細った三日月が顔をのぞかせていた。

音次郎は一軒の飯屋に入って腹を満たした。それから吉蔵に連絡《つなぎ》をつけるために、

「この辺に使いを頼まれてくれる足の達者なものはいないか」

と、店の女将《おかみ》に聞いた。

「それなら法禅寺前の駕籠屋《かごや》に行けば、人足がいますよ」

女将がいうのは品川三丁目にある町駕籠屋だった。

音次郎は筆と紙を借りて、簡単な書き付けを作ってから町駕籠屋に足を運んだ。

十代とおぼしき若い人足が使いを頼まれてくれ、すぐに駆け出していった。その人

足が行くのは、牢屋敷《ろうやしき》門前にある叶屋という差入屋である。

使いを出した音次郎はそのまま品川を離れて、江戸市中に足を向けた。一度きぬの待つ亀戸の家に帰りたいと思うが、まだ役目は終わっていないし、要蔵が殺された今となっては、庄五郎を捕まえるしかない。

夕刻の死闘で、庄五郎と要蔵の仲間はちりぢりになっている。その仲間も数えるほどだろう。音次郎は歩きながら、庄五郎が口にした言葉を思い返した。

――要蔵、いうんじゃねえ！

花膳のそばで殺された小糠の金次が、要蔵につながっていたかどうかを訊《たず》ねたとき、庄五郎は血相変えて叫んだ。

つまり、庄五郎も知っていたということなのだ。先に庄五郎の口を割らせるべきだったかと思ったが、要蔵に行きつくためには庄五郎にあやしまれてはならなかった。

しかし、雷の要蔵は音次郎が手を下すまでもなく殺されてしまった。口封じに決まっているが……。

そこで、音次郎ははっと目を瞠《みは》って、足を止めた。

賊につながっている火盗改めの人間を知っているのは、庄五郎だけではない。弓矢を使って要蔵を殺した男も知っているということだ。いったいやつは、誰なのだ？

音次郎は暗い海に視線を投げた。星明かりの下に穏やかにうねる波が見えた。潮騒の音とともに潮風が頬《ほお》を撫《な》でていった。

吉蔵と落ち合ったのは、西堀留川に架かる荒布橋《あらめばし》の近くだった。音次郎は古ぼけた煮売り屋に入り、店の隅で吉蔵と向かい合った。

「それじゃ、口封じのために要蔵を殺したやつも……」

音次郎の話を聞き終えた吉蔵は、白く濁った左目を動かしていった。

「それが誰であるかわからぬが、ともかく庄五郎を押さえなければならぬ。あいつも知っているはずなのだ」

「何か捜す手がかりがありますか？」

「やつは時右衛門という男を頼りにしている」

「時右衛門……」

「昔は時雨《しぐれ》の勝蔵という名だった、独りばたらきの盗賊だ。足を洗って名を変えたのだろう。庄五郎らはご隠居と呼んでいる。その時右衛門の女がおまさだ」

「丸屋を仕切っていた女ですね」

「あの女の顔を覚えているか？」

「まだ日がたっていないので、ちゃんと覚えておりやすよ」

「それじゃその三人を捜すことにしよう」

「それでどこへ行きます？」

「まずは浄閑寺そばの百姓家だ」

「浄閑寺……」

「日本堤の先にある投げ込み寺だ」

「それならわかります」

「庄五郎はその百姓家を隠れ家にしていた。ひょっとすると、庄五郎はまたあそこへ戻るかもしれぬ。いないとしても、生き残っている仲間がいれば役に立つはずだ」

煮売り屋を出た音次郎と吉蔵は、荒布橋のそばにある船宿で一艘《そう》の猪牙《ちょき》を仕立てた。

船着き場を離れた舟は、日本橋川を下り、行徳河岸《ぎょうとくがし》を抜けて大川（隅田川）に出、そのまま遡上《そじょう》していった。

あまり寝ていない音次郎は、舟が大川に出たところで目を閉じ、しばしの仮眠を取った。船頭の操る猪牙舟は流れに逆らってゆっくり上っていった。

やがて舟は、大川から山谷堀に入り、途中から名を変える音無川を滑るように進んだ。

「旦那《だんな》、着きました」

音次郎は吉蔵に肩を揺すられて目を覚ました。

夜の闇はますます濃くなっており、時刻も夜四つ（午後十時）になろうとしていた。

音次郎はそのまま舟を帰して、例の百姓家に向かった。

提灯《ちょうちん》は持っていなかったが、目は闇に慣れていた。蛙《かえる》の鳴き声があちこちの田圃《たんぼ》から聞こえてくる。

庄五郎が隠れ家にしていた百姓家に明かりはなかった。耳をすましても、家のなかに人のいる気配はなかった。だが、音次郎が戸口を引き開けたとき、納屋のほうから声が聞こえてきた。

「助けてくれ。誰か助けてくれ」

泣きそうな声だった。音次郎はすぐに声の主に思いあたった。嘗《な》め役の百助だ。この家を引き払うときに、庄五郎らは百助を置き去りにしていったのだった。

音次郎はそのことをざっと吉蔵に話してから、納屋を引き開けた。むっとする異臭が鼻をつくのと同時に、百助の情けない声が飛んできた。

「早く助けてくれ。縛られて動けないんだ」

「待ってろ」

音次郎は脇差しを使って縄を切り、百助に手を貸して立ちあがらせた。

「すまねえ。ひでえやつらにやられちまってよ」

暗闇なので、音次郎には気づいていないようだ。

「まあ、話はゆっくり聞こう。その前に、おれたちの前に誰か来た気配はなかったか？」

「あれ、旦那は……」

表に出てから百助は音次郎に気づいた。

「どうなんだ？」

「いえ、誰も来ておりません」

ともかく百助を家のなかに引き入れて、燭台《しょくだい》に火を点した。

吉蔵が手際よく火をおこし湯を沸かした。その間、音次郎は百助に大まかなことを話して、庄五郎の行方に心当たりがないかを聞いた。

「どこって聞かれてもあっしには……でも、ほんとに要蔵のお頭《かしら》は殺されちまったんで……」

「そのことも聞きたいのだ。弓のうまいやつの仕業だ。心当たりはないか？」

百助は考える顔になって視線を泳がせた。

「それは多分、彦蔵さんですよ」

「彦蔵……」

「へえ、お頭が密偵に使っていた男です。火盗改めや町方の動きに聡《さと》いんで重宝されていました」

「彦蔵のことは、庄五郎も知っているんだな」

「そりゃあ、もちろん。ですが、彦蔵さんはもっぱら要蔵のお頭の下についているんで、庄五郎が使いたくても無理なことでしたからね」

「すると、彦蔵が火盗改めとつながっていたというのはどうだ？」

音次郎はじっと百助の顔を見た。

「……そんなことはねえと思いますよ。盗人と火盗改めが手を組むなんてことは、聞いたことがありません」

嘘《うそ》をいっているようではなかった。音次郎は話を変えることにした。

「おまえは小糠の金次って男を知っているか？」

「さあ、そんな名は……いったいどんな野郎です？」

「知らなければよい」

「ところで、旦那はなぜそんなことを？　ひょっとして旦那は……」

百助は目を瞠って顔をこわばらせた。

「おれのことは忘れるんだ」

冷たくいい放った音次郎は、吉蔵が差し出した茶に手を伸ばした。

三

庄五郎はほうほうの体だった。仲間は殺されたか、どこかへ行ってしまって、すっかりはぐれた恰好《かっこう》だった。

大井ヶ原から休み休み戻ってきた庄五郎は、八ツ小路を抜けて昌平橋を渡り、神田明神下まで来たところだった。歩き詰めなので汗びっしょりだ。

すっかり夜は更けており、通りには人の姿がほとんどなかった。ときどき町内廻りをする、番屋（自身番）の番人の姿を見かけるぐらいだ。

庄五郎は自分の隠し金が心配だった。これはつぎの仕事の支度金《したくがね》であった。仲間はどこへ行ったかわからないが、自分以外にこの金を知っているものがいた。鼠《ねずみ》の勇吉である。やつが殺されたか、逃げたのか庄五郎にはわからなかった。

もし、生き延びて逃げているとしたら、自分が殺されたと思って金を横取りするかもしれない。庄五郎はそれが気になっていた。とにかく金をたしかめることが何より先だった。あとのことは、それからゆっくり考えればいい。

庄五郎は歩きつづけた。夜空には星が散らばっており、ゆっくり流れる雲があった。下谷屛風坂《びょうぶざか》を通り、下谷御切手町を抜けたのは四つ半（午後十一時）過ぎだった。町屋を抜けると畑と田圃だけの百姓地となる。そのあたりは坂本村といい、静蓮寺という古寺の近くに、朽ちかけた堂宇《どうう》があった。庄五郎は夜目を頼りに堂宇の裏側にまわり、縁の下の古い板を外した。

それから重しの石をどけて、穴のなかに手を差し入れた。頭陀袋《ずだぶくろ》の結びが指先に触れると、ほっと安堵《あんど》の息を漏らした。それから袋を引きずり出した。ずしりとした重みを腕に感じた。これがありゃ、何とでもなると少し心が軽くなった。

結んである紐《ひも》をほどき、星明かりを頼りに金を見た。

と、庄五郎の目が点になった。嘘だろ、と胸の内でつぶやき、頭陀袋をひっくり返した。金音はせず、ごろごろと石が転がり出てきただけだった。

「どうしてだ。なぜだ？　金がねえ」

庄五郎はまわりを見回した。雑木林が風に騒いでいるだけだった。犬の遠吠《とおぼ》えが夜空にこだまするように広がっていた。

庄五郎は呆然《ぼうぜん》とした目を、しばらくきらめく星たちに向けていた。

「くそっ。誰だ、誰がおれの金を盗りやがった」

頭陀袋を地面にたたきつけて立ちあがった。すぐに鼠の勇吉の顔が脳裏に浮かんだが、居所はわからない。腹立ちは収まらなかったが、庄五郎は小走りになって、その場を離れた。足を向けたのは、静蓮寺の墓地である。

提灯がほしいところだが、そんなものはない。ともかく墓地に入って、一番奥にある枇杷《びわ》の木の下にある墓をめざした。ここは誰も知らないところだし、誰にも口外していない金の隠し場所だった。

傾いた卒塔婆《そとば》の下に人間の頭ぐらいの石が置いてあった。庄五郎はそれをどけると、両手を使って犬のように土を掘り起こした。すると、巾着袋《きんちゃくぶくろ》が出てきた。

まさかこれも石ではないだろうなと思って、急いで紐をほどき袋のなかに手を入れた。こっちには金があった。だが、六十余両しかない。

それでも仕方がなかった。一文無しにならないだけマシだった。

「それにしてもあの金は……」

悔しくもあり、腹立たしくもあるが、その怒りの持って行き場がなかった。

墓地を出た庄五郎は、今度は時右衛門を訪ねるために、下谷金杉下町《したやかなすぎしもちょう》に向かった。今頼れるのは、時右衛門しかいない。いざとなったら、時右衛門と組んで仕事をすればいい。足を洗ったといっても、うまい話があれば時右衛門は乗ってくるだろうという算盤勘定《そろばんかんじょう》は、以前から頭にあった。

時右衛門の住まいは、下谷金杉下町の万徳寺そばにあった。小さな一軒家だ。

庄五郎は戸をたたいて声をかけた。しばらく待ったが返事はない。辛抱強く二度三度と同じことをすると、眠たげなおまさの声がした。

「おまさか、おれだ庄五郎だ」

「お頭……」

そんな声がして、おまさが慌てて戸を引き開けてくれた。

「どうしたのさ、こんな時分に……」

「話はあとだ、それより水をくれ」

庄五郎は三和土《たたき》に入るなり、框《かまち》にどっかりと腰を落とした。

「要蔵はどうなったの？　片はつけたのかい？」

聞かれた庄五郎は水を飲んで、ゆっくりおまさを見た。あわい行灯の明かりが、おまさの顔を浮かびあがらせていた。

庄五郎はふっと、息をついていった。

「やつは殺された？」

「……殺された？　それってお頭がやったんじゃないってこと……」

「弓矢を使われたから彦蔵の仕業だろ」

「彦蔵……って？」

「要蔵の密偵だ。そんなことはどうでもいいが、あの音次郎って野郎、とんでもねえ曲者だった」

「どういうことよ？」

「町方か火盗改め……もしくはその手先だったのさ」

「あの男が……それでどうしたのさ？」

「わからねえ。それより、おじきはどうした。寝てるのか？」

「いいえ」

おまさは首を振ってつづけた。

「あの人出て行っちまったんだよ。もう江戸を離れて静かに暮らすって……それでこの家はあたしに好きなように使えって、当面の金も置いていってくれてねえ」

「出ていったって、急にか……おれはそんなことは何も聞いてなかったが……」

庄五郎は奥の間を見たが、家のなかは静かだ。

「どうやらまた独《ひと》り盗《づと》めをやったらしくてね。このすぐ近くで金を作ったといって、それでふいと出て行っちまったんだよ」

「この近くで……おじきも隅に置けねえな」

庄五郎は軽い落胆を覚えた。時右衛門と組んで一仕事しようと考えていたが、それはあきらめるしかないようだ。また、仲間を集めて支度にかかるしかない。だが、その前にやらなければならないことがある。

編笠の音次郎は生かしてはおけない。自分の顔を知っている取締方の息のかかった男なのだ。このまま放っておけば、いずれ自分は手配される。そうなると江戸での仕事がやりにくくなる。

「疲れた。ちょいと横にならせてくれ」

「それなら床を取ってあげるよ」

おまさはそういって奥の間に布団を延べてくれた。庄五郎は倒れ込むように横になったが、神経が高ぶっているのかすぐには眠れそうになかった。

「……おじきはどこへ押し入ったんだ?」

庄五郎は天井をぼんやり見ながら、隣の間で寝ているおまさに声をかけた。

「何でも静蓮寺のそばだっていってたわ」

「……静蓮寺……」

「ちょろい仕事だったって……」

「いくら盗んだか聞いたか？」

「二百五十両とかいってたわ。ご隠居もいたずらが好きでね。金袋に石を詰めてきてやったと、楽しそうに笑ってたわよ」

庄五郎はかっと目を瞠って天井をにらむように見た。

金袋に石……二百五十両……。

ひょっとしてそれはおれの金じゃないか……。しかも静蓮寺のそば……。だが、あの場所を時右衛門が知るはずがない。

いや、待てと、庄五郎は忙しく記憶の糸をたぐり寄せた。

しまったと、思ったのはすぐだ。一月ほど前だった。

「それでちゃんと支度金の隠し場所はあるんだろうね」

酒を飲んでいる最中に、そんなことを時右衛門に聞かれたことがある。あのとき庄五郎はこう答えた。

「心配には及びませんよ。静蓮寺のそばにいいところがあるんです」

それ以上は口にしなかったが、あのとき時右衛門の目が妙に光ったのを覚えている。

庄五郎はがばりと、半身を起こした。

「やられた」

「どうしたのさ……」

おまさが襖《ふすま》を開けてやってきた。庄五郎はおまさを見た。

「おじきが盗んだのはおれの隠し金だ。静蓮寺のそばを探しまわって、それでおれの金の隠し場所を探り当てたんだ」

「なんですって……」

「そうに違いねえ。おまさ、おじきはあの辺をうろついちゃいなかったか」

おまさの目が大きく見開かれた。

「そういえば、近ごろあのあたりをよく歩きまわっていたような……」

「くそッ、やられた。あの年寄り、舐《な》めたことを……」

庄五郎は自分の膝《ひざ》を拳でたたいた。

「あれはおれの金だ。それを、それを……見つけたらぶっ殺してやる。おい、おまさ。くそ爺《じじい》はどこへ行くといってた？」

「どこって、ただ江戸を離れるといっただけで……」

庄五郎は天を仰ぐように両手をあげ、顔を覆った。

四

鶏の鳴き声で音次郎は目を覚ました。例の百姓家で夜を明かしたのだ。

雨戸の節穴から光の筋が家のなかに射し込んでいた。起きあがった音次郎の気配に気づいた吉蔵も、横にしていた体を起こした。

百助は横になって死んだように寝ている。

「それで今日はどうします？　やはり、その時右衛門を捜すしかありませんか？」

吉蔵が目をこすりながら聞く。

「庄五郎に行きつくにはそれしかあるまい」

「捜すあては……」

音次郎は首を振ってから言葉を継いだ。

「残党にうまく会えれば何とかなるだろうが、そいつらがどこにいるかがわからぬ」

「それじゃ手のつけようがないですね」

吉蔵はそういうが、音次郎はまだ寝息を立てている百助に目を注いだ。

「百助、もう朝だ。起きろ」

声をかけると、百助がびくッと体を動かして目を覚ました。

「もう一度聞くが、彦蔵の隠れ家を知らないか？」

「昨夜からいってるじゃないですか、あの男のことはわからないと」

「要蔵の仲間の家はどうだ？」

「いや、それもあっしには……」

「おまえは要蔵の嘗め役をやっていたのだから、ひとりぐらい知っていてもおかしくないはずだ。今さら隠し立てしなくてもよいだろう。要蔵は死んだのだ」

「そういわれてもほんとにあっしには……」

音次郎はふうと、短いため息をついて宙の一点を凝視した。彦蔵でなくても庄五郎に会えればよいのだが、その庄五郎も今はどこにいるか定かでない。

庄五郎は時右衛門を頼ると考えられる。だが、百助は時右衛門もおまさのこともよく知らなかった。

「百助、もう一度聞くが、おまえの知っている盗人のなかに、要蔵や庄五郎をよく知っているものはいないか？」

「二人の手下じゃなくて、他の盗《つと》め人ってことですか？」

「そうだ」

「あいにくいませんね。二人とも他の盗め人とは関わらないようにしてましたから。それが身を守るためですから……」

音次郎はそれ以上百助を頼るのは無駄だと思った。

百姓家を出たのはそれから間もなくしてからだった。戸口を出ると、太陽がやけにまぶしかった。近くの田圃で田植えがはじまっていた。

音次郎のそばを二羽の燕《つばめ》が滑空していった。そのとき、家のなかで短いうめきが聞こえた。振り返ると、吉蔵がぬっと戸口から出てきて、後ろ手で戸を閉めた。

一瞬だったが、土間奥の暗がりに倒れている百助が見えた。

「……こうするよりないんです」

吉蔵はばつが悪そうにつぶやいた。音次郎は致し方ないのかと、小さく首を振って歩きはじめた。盗人の詟め役をやっていた百助を町方に渡しても、死罪は免れない。またそんなことをすれば、自分たちのことが知れることになる。囚獄の使いだというのは極秘のことだから、外に漏らしてはならなかった。

「それにしてもおぬしも、因果な役目をまかされているものだ」

しばらく行ってから音次郎は、ちらりと吉蔵を見た。

「旦那《だんな》も同じじゃございませんか……」

音次郎は何も答えなかったが、まったくだと、胸の内でつぶやいた。

「それでどうするんです？」

「庄五郎と彦蔵に辿《たど》り着ける術《すべ》がなくなってしまった。時右衛門かおまさに行きつくことができれば、何とかなるだろうが……」

「………」

吉蔵は黙って歩く。

「手を下すまでもなく要蔵の始末は終わった。そのことだけでも、囚獄の耳に入れたがよかろう」

「承知しました。それじゃひとまず亀戸の家へ」

「うむ」

短く応じた音次郎は、きぬの顔を瞼《まぶた》の裏に浮かべた。

五

浄閑寺そばの百姓家から出た音次郎と吉蔵を見送った彦蔵は、木立を抜ける手前で立ち止まった。それから急いで百姓家に駆けてゆき、家のなかをざっと見渡した。誉め役の百助が土間奥に倒れていた。声をかけるまでもなく、うつろな目を見ただけで死んでいるとわかった。彦蔵は家のなかに視線をめぐらしてから、再び表に駆け出た。

日本堤まで来ると、遠ざかる音次郎と吉蔵の背中が見えた。

彦蔵はそのまま尾行することにした。これから自分が仕事をしていくためには、二人のことをよく知っておかなければならなかった。

二人は吉原大門そばの船着き場で舟を拾うと、そのまま音無川を下っていった。船着き場には朝帰りの客を待つ舟が幾艘もあり、彦蔵も遅れて舟を拾った。

音無川の穏やかな水面は、昇りつつある日の光をきらきら弾いていた。

彦蔵は先を行く舟をじっと凝視しつづけた。ほっかむりした船頭はゆっくり舟を操る。上ってくる舟は少なく、どの舟も大川のほうに下っていた。音次郎たちが振り返っても気づかれる恐れはなかった。それに長い間、要蔵の密偵を務めている彦蔵は、相手に気づかれないという自信があった。

音次郎の仕立てた舟は大川を下ると、神田川の河口にあたる柳橋の船着き場に寄せられた。そこで吉蔵だけが降りて、舟はまた大川に漕《こ》ぎ出ていった。

彦蔵は一瞬どうしようか迷ったが、音次郎の乗った舟を尾《つ》けることにした。彦蔵は音次郎の顔こそ見ていたが、まだこの時点でその名は知らなかった。また、吉蔵のことはまったくわからなかった。

やがて、音次郎の舟は竪川に入り、東のほうへ上っていった。

「船頭、ゆっくりでいい。慌てるな」

彦蔵は相手の舟と近づきすぎないように、注意を促した。

竪川には上り下りする舟が増えている。荷舟や茶舟、それに猪牙舟がまじる。

河岸場では人足たちが積み荷を積んだり、下ろしたりしていた。

彦蔵には、疑問があった。大井ヶ原で大乱闘になったとき、音次郎は要蔵に迫って小糠の金次のことを口にした。

なぜ、金次のことを知っている、ということだ。

考えられるのはあの男が火盗改めの人間、もしくは町方だということだ。しかし、今その男は全然違うほうへ舟を向けている。

火盗改めの人間であれば、役宅のある清水門外、あるいは四谷の組屋敷に行くのではないか。町方の人間であれば、町奉行所か八丁堀に行くはずである。それなのに、てんで違う方向に舟を進めている。

何か他の役目があるからなのか、そうでないのか見当がつかなかった。

やがて音次郎の舟は、旅所橋のすぐそばにある瓦町河岸の船着き場に寄せられた。

「その辺でいい」

彦蔵は旅所橋の手前で船頭に告げて、舟を降りた。一度音次郎は後ろを振り返って深編笠の庇《ひさし》を上に持ちあげたが、ただそれだけのことで、河岸場にあがるとそのまま町屋の路地を抜けて、亀戸村の百姓地に歩いていった。

人通りが絶え、静かなところになったので、彦蔵はそれまで以上に注意をして音次郎を尾けつづけた。間もなく音次郎は一軒の百姓家とおぼしき家の庭に入っていった。家のなかから喜色満面の顔で飛び出してきた若い女がいた。

「旦那さん！」

女は嬉《うれ》しそうな顔で声を張った。

物陰からその様子を見ていた彦蔵は、首をかしげた。あの男の女房なのだろうか、それとも……。交わし合う声を聞こうとしたが、二人はすぐに家のなかに消えてしまった。

男と女がどういう間柄なのかわからないが、彦蔵はこの先のことを考えなければならなかった。要蔵が死んだ今、いっしょに組んで仕事ができるのは庄五郎だけである。

もっとも自分を受け入れてくれるかどうかわからないが、うまく懐柔する自信はあった。

そして、庄五郎とうまくことを運ぶには〝あの旦那〟と、これから先もうまくやっていかなければならない。そのためには、この家に入った男のことを知るべきだ。もし、〝あの旦那〟に都合の悪い人間なら始末する必要がある。それとも先に、〝あの旦那〟に知らせたほうがいいだろうか……。

彦蔵は考えをめぐらしながら、もっと人目につかない場所はないかとあたりを見まわした。

六

庄五郎の床からおまさが抜け出していった。

そのことで庄五郎は目を覚まし、おまさの後ろ姿を黙って眺めた。一糸まとわぬおまさの体はきれいだった。小振りながら肉置《ししお》きのある尻と、太股《ふともも》。足首が細く、腰は見事にくびれていた。

おまさは庄五郎に背を向けたまま、腰巻きをし、襦袢《じゅばん》を羽織って、振り返った。目と目があった。

「起こしちまいましたか……」

「いや……」

雨戸の隙間《すきま》から外の明かりが漏れ射しているので、互いの顔はよく見えた。

「今、飯の支度をしますから」

「ああ」

庄五郎は横にしていた顔を天井に向けて、息を吐いた。

昨夜は疲れているにもかかわらず、なかなか寝つけなかった。まんまと時右衛門に騙《だま》されたことで腹も立っていた。

そのうち、おまさが隣に滑り込んできた。その気はなかったが、肌を寄せられると、我知らず男の欲がうずき、あとは成り行きにまかせた。おまさは思っていた以上に、上等な女だった。

最初に会ったときから惹《ひ》かれるものはあったのだが、これまでは時右衛門に遠慮をしていたのだった。だが、もうその必要はなかった。

庄五郎はおまさを十分に堪能したが、おまさも積極的にからんできた。その肌は匂い立つ新芽のように馥郁《ふくいく》としており、自分の体に吸いついてきた。

岡場所で散々男どもに弄《もてあそ》ばれたはずなのに、体の線は崩れておらず、乳房にも張りがあり、自分を受け入れたおまさの蜜壺《みつつぼ》は、締めつけたり離したりと、まるで生き物のように動き、男の精を吸い取った。

ひょっとして、あれは夢だったのか……。

ぼんやりした寝起きの頭でそう思ったが、さっき同じ床から出ていったおまさのきれいな裸を思い出して、そうではなかったのだと気づいた。

雨戸を開け、洗面をすませて、居間の膳《ぜん》についた。縁側から涼しい風が入ってきた。

「……昨夜はよかった」

庄五郎はそういって飯を頬ばった。おまさが頬をゆるめて見てくる。

「……どうした？」

「あたしも久しぶりによかったから。……やっぱりお頭は若いわ」

「ふん」

庄五郎はみそ汁を飲み、沢庵《たくあん》を噛《か》んだ。質素な朝餉《あさげ》であったが、飯を食ったことで体のなかに活力がみなぎってくるのがわかった。

「これからどうするんだ？」

庄五郎は食後の茶を飲んでから、おまさを見た。

「どうもこうも、ご隠居がいなくなっちまったんで……」

「おれと組むか？」

おまさの目が喜色に満ちた。

「お頭さえよけりゃ、あたしはついていくよ」

「それじゃ好きにしな。だが、稼ぎの前にやらなきゃならないことがある」

「なんだい？」

「おれを裏切った編笠の音次郎を始末するか、ほとぼりが冷めるまで江戸を離れるってことだ」

「……あたしゃお頭に従うだけさ。だけど、あの音次郎って男は簡単に始末できないんじゃないのかい」

おまさのいうとおりである。まともにやったらかなう相手ではない。

「放っておきゃいいじゃないのさ」

「それはできねえ。やつは町方か火盗改めの人間かもしれねえんだ」

「まさか……」

おまさは目を丸くした。

「まさかじゃねえ。やつは探りを入れるためにおれたちに近づいてきたんだ。おれはやつに知られちまった。放っておけば手配がまわる」

「それじゃどうすると……」

「やつが町方か火盗改め方の単なる犬だったら、まだ手配は終わってねえはずだ」

「でもどうやって音次郎を捜すんだい？」

「それは……」

庄五郎は唇を噛んだ。相手にしないで、江戸を離れたほうが利口かもしれない。当面の金はあるから、そうしたほうがよいか……。

そう考える庄五郎ではあるが、住み慣れた江戸から離れるのには抵抗がある。かといって江戸にいれば、顔を知られた手前、迂闊《うかつ》に表を歩けなくなるだろう。

「ねえ、お頭」

「なんだ？」

「要蔵は死んじまったんだろう。だったら要蔵の隠し持っていた金はどうなったんだい」

庄五郎はゆっくり顔をあげて、おまさを正面から眺めた。

「抜け目のないことをいいやがる。それはおれも考えていたことだ。要蔵はかなりの金を隠しているはずだ。その在処《ありか》を探るのはいうまでもねえ」

「心当たりがあるんだね」

おまさが興味を隠しきれない顔で見てくる。

「……いや、ねえ。……だが、まったくあきらめることもねえ」

一度落胆したおまさの顔が、また期待する顔になった。

「ともかく仲間を捜さなきゃならねえ。おまさ、手伝ってもらうぜ」

「そりゃもちろんだよ」

おまさがそう答えたとき、戸口で声がした。二人は同時に顔をこわばらせた。

「ご隠居……おまささん……」

息を詰めていた庄五郎は、這《は》うようにして戸口をのぞき見た。

「勇吉じゃねえか」

ほっとして声をかけると、鼠の勇吉もすっかり安心顔になって入ってきた。

「やっぱりいましたか。お頭はきっとここに来るんじゃねえかと思っていたんです」

「いいからあがれ。それで昨夜はどこにいたんだ？」

「どこにって……みんなどこへ行ったかわからなくなったんで、しばらく高輪のほうに逃げていたんです。それで夜が明けて、行くのはここしかねえと思ったんです」

「よく来てくれた。いろいろやることがあるんだ。飯は食ったか？」

「いいえ」

「おまさ、勇吉に飯を食わせてやれ」

おまさが飯の支度をはじめると、庄五郎は隠していた支度金が盗まれたことと、音次郎のことを話した。

「ご隠居がそんなことを……」

「他に考えられねえんだ。してやられちまったよ。くそッ」

「それじゃご隠居の行き先は、わからないんで……」

「わかってりゃこんなところで油なんか売ってねえさ」

「編笠の音次郎のことはどうするんです？　放っておけないじゃありませんか」

「そりゃそうだが、まともに相手できるようなやつじゃねえから厄介なんだ」

「それじゃつぎの仕事はどうするんです？　支度金を盗まれちゃ、にっちもさっちもいかねえんでは……」

「要蔵の隠し金を探すんだ」

「要蔵の……」

勇吉は目をしばたたいた。

「やつはどこかにしこたま溜め込んでいるはずなんだ。その場所がわかりゃ当分苦労はいらねえ」

「お頭、要蔵を殺したのは弓使いの彦蔵だっていいましたね」

「まあ、やつが要蔵の口を塞《ふさ》いでくれたんで、まだ救いはあるが……」

「知ってるんです」

勇吉が遮《さえぎ》っていった。

「何をだ？」

「彦蔵の隠れ家です」

庄五郎は驚いたように目を瞠った。要蔵が彦蔵を大切にしていたのは、十分承知している。ひょっとすると、彦蔵の口を割らせれば、金の在処がわかるかもしれない。

「勇吉、そりゃどこだ？」

七

深川一色町は、油堀に面した町屋である。古くは材木問屋で栄えた土地で、今もその名残があり、一色河岸には材木を積んだ荷船が雁木《がんぎ》につながれていた。

要蔵の密偵だった彦蔵の住まいは、その町の奥まったところにあった。庄五郎らがこっちに来る際、通り雨があり、空に虹《にじ》がかかっていた。

「やつはこんなとこに……」

八軒長屋の奥に小さな空き地があり、そのそばの家が彦蔵の住まいだと勇吉はいう。

「おめえ、どうしてここを……」

「ずいぶん前に、彦蔵が熱を出してうなったことがありましてね。そんとき家まで送ってくれと頼まれ、それで肩を貸してきたことがあるんです」

「今もここにいるんだな」

「越してなきゃいるはずですが……」

勇吉は外れたどぶ板を飛び越えながら足を進める。地面は通り雨で黒くなっていた。

庄五郎のうしろには、おまさの姿もあった。

庄五郎は戸口の前に立って、屋内に耳をすませた。物音はしないし、人のいる気配もない。戸に手をかけたが、しっかり戸締まりをしてある。裏にまわって、雨戸を凝視し、ゆるみのある戸板の底に、五寸釘《くぎ》を差し込んで押しあげた。この辺は盗人《ぬすっと》だからお手のものだ。戸板は簡単に外れた。

庄五郎は家のなかを見まわした。生活臭がありありと感じられる。だが、まだ彦蔵の家だというのは半信半疑だ。盗人は、稼業が稼業だけに同じ家に住まない。しかし、

庄五郎は壁に掛けてある着物に目を留め、

「間違いねえ」

と、心中で思った。

彦蔵が好んで着る地味な単衣《ひとえ》には覚えがあった。それに煙草盆に置かれている銀煙管も彦蔵のものだ。きらっと、目を光らせた庄五郎は勇吉とおまさを振り返った。

「彦蔵の野郎、よっぽどこの家が気に入っているようだ」

「それじゃ、やはり……」

「でかしたぞ勇吉」

三人はそのまま家のなかに入り込んで、彦蔵の帰りを待つことにした。もちろん外した戸はもとに戻してである。

表から近所の子供たちのはしゃぎ声や、女房連中の話し声が聞こえてきた。

湯を沸かせば気づかれるので、庄五郎はおまさの淹《い》れてくれた冷めた茶を飲んだ。

長い間彦蔵は、要蔵のもとで密偵をしている。庄五郎もよく知っている男だ。顔も体つきも月並みで、ほとんど目立たない。それに無駄口もたたかず、通りを歩くときも道の端を選んでいるし、人だかりにあっても隅にひっそり佇《たたず》んでいる。

目立たないからこそ密偵が務まるのだが、目端は利くし、頭の回転も悪くないことを庄五郎は知っている。それに弓の使い手だ。

その弓と矢を、庄五郎は、ついさっき発見していた。土間に置かれた籠《かご》のなかに入っていたのだ。もうそれを見ただけで、ここが彦蔵の家だというのは明白だった。

「……どこ行ってるんですかねえ」

待ちくたびれたのか、勇吉がぼやくようにいう。

「どこかわからねえが、いずれ帰ってくるだろう。ひょっとすると……」

庄五郎は口をつぐんだ。

「ひょっとすると何です？」

縁側に座り、ときどき雨戸の節穴から外をのぞいていたおまさが、振り返って聞いた。その顔に光の筋が走っていた。

「……要蔵の金を取りに行ったのかもしれねえ」

「それじゃ金を持って帰ってくるかもしれないってことだね」

おまさは目を輝かせたが、庄五郎は何も答えなかった。

板戸の隙間から射し込む光が、ゆっくり移動し長くなってきた。

子供たちの声もいつの間にかしなくなっていた。

戸口でごそごそ物音がしたのは、それからすぐのことだった。

三人は身を固めた。庄五郎が節穴に目をつけたおまさを見る。おまさは彦蔵のようだと無言でうなずく。

戸が開き、外の光が一斉に入ってきた。彦蔵は三和土《たたき》に入ると、框《かまち》に腰をおろしてふっと小さなため息をつき、居間にあがりかけて、初めてそこに人がいることに気づいた。はっと息を詰め、目を瞠り、一瞬体の動きを止めた。

「彦蔵、待ってたぜ」

庄五郎がそう声を発したとき、匕首《あいくち》を持った勇吉が俊敏に動いて彦蔵のそばに立った。匕首は彦蔵の脇腹にあてられている。

彦蔵は慌てずに、

「おまえさんに会いたいと思っていたんだ」

と、庄五郎を直視してくる。庄五郎は眉宇《びう》をひそめた。

「話があるんだ」

彦蔵はその場に腰をおろして、庄五郎からおまさに目を向け、勇吉の顔を見た。

「逃げやしねえよ。物騒なもの、しまってくれ」

「……勇吉」

庄五郎が顎《あご》をしゃくると、勇吉が離れて匕首を鞘《さや》に納めた。

「話ってのは何だ？」

「要蔵のお頭を殺そうとした男のことだ。おまえを裏切ったやつだよ」

庄五郎は眉間にしわを彫って、「話せ」といった。

彦蔵は昨日の乱闘騒ぎから、庄五郎が隠れ家に使っていた浄閑寺そばの家に行き、それから音次郎を尾行したことをかいつまんで話した。

「なぜ、あの家に行った？」

話を聞き終えてから庄五郎は聞いた。

「……あの喧嘩《けんか》騒ぎのあと一度、この家に戻ってきたんだが、この先のことを考えると、おまえと組むしかねえと思ったからだ」

「都合のいいことを……。だが、どうしてあの家のことを知った？」

「金助と半吉が丸屋を見張ったことがあっただろう。やつらだけでは心許ないので、おれもひそかに見張っていたんだ。すると、あの二人がドジをこきやがった。そこまでいえばわかるだろう」

庄五郎は顎をさすって、なるほどと得心した顔になった。

「おれたちが殴り込みを駆けたとき、要蔵が隠れ家にいなかったのはそういうわけか。道理で簡単に裏をかかれたわけだ。それでおまえが尾けていったのは、編笠の音次郎っていうんだが、やつはいったい何もんだ？」

「町方でも火盗改めでもないようだ」

「それじゃその手先か……」

「おそらくそうだろう」

　庄五郎は天井の隅をにらんで舌打ちし、顔を戻した。

「おれはやつに顔を見られているが、もう手配《てくば》りされたかな……」

　このことが一番気にかかっていることだった。

「それはわからねえ。だが、〝あの旦那〟の耳に入れなきゃまずいんじゃないかと思っているんだ。そうしなきゃこれからのことが……」

「ちょいと待て。おまさ、勇吉。表で待ってろ」

　庄五郎は遮っていうと、おまさと勇吉に指図した。二人は納得いかない顔をしたが、仕方なく家を出て行った。

　彦蔵のいう〝旦那〟のことは、滅多に人の耳には入れてはならなかった。その鉄則を守ってきたからこそ、要蔵も庄五郎も縄にかからなかったといって過言でない。

「音次郎の他にもうひとりいるといったな。そいつは何もんだ？」

「それもわからねえ。手先には違いないだろうが、多分下っ引きだろう」

下っ引きは、一般的には岡っ引きが使う諜者《ちょうじゃ》をさすが、町方の同心や与力が個人的に使うこともある。

「下っ引きだったら、まだこっちには運があるってことだ」

「やるんだったら早めにやらなきゃならねえぞ。やつらが清水《しみず》さんのことを探っているのはたしかだからな」

清水というのが、彦蔵のいう〝旦那〟なのである。

「その前に、おまえはおれとほんとに組む気があるんだな」

庄五郎は彦蔵を凝視した。

「……他に組むやつはいねえ。おまえが要蔵のお頭から離れたといっても、おれはおまえのことを別に悪く思っちゃいなかったんだ」

「要蔵の隠し金の在処を知っているか？」

「……わからねえ。それもいっしょに探せばいいだろう。まるきしあてがないわけじゃないんだ」

庄五郎は注意深い目を彦蔵に注ぎつづけて考えた。

紙売りの声が近づき、遠ざかっていった。

「……よし、組もう。おまえがいれば仕事がやりやすくなる」

「それで、編笠の音次郎はどうする？」

「女はともかく、こっちは三人だ。まともにやり合わずに、不意打ちをかけりゃいい。それに、おまえは弓の名手じゃねえか」

「そんなことはないが……」

「音次郎の家に案内しろ。やつを始末するんだ」

庄五郎は双眸《そうぼう》をぎらりと光らせた。

第七章　比丘尼坂下

一

吉蔵と名無し飯屋で会ったのは、通り雨のあと江戸の町に虹《にじ》がかかったころだった。

例によって店の隅に座り込んだ音次郎は、吉蔵の話に耳を傾けていた。

「引きつづきの探索はやぶさかではないが、それにしても……」

大まかな話を聞いた音次郎は、湯呑《ゆの》みを包み込むように持って、格子窓の外を見る。

暮れかけた町がある。窓の外を二匹の蝶《ちょう》が戯れるように、ひらひらと飛んでいった。

「おまさって女はともかく、時右衛門を捜さなければ、庄五郎に行きつきません。しかし、時右衛門が丸屋や庄五郎の例の隠れ家に出入りしていたのなら、そう遠くに住んではいないんじゃないでしょうか……」

音次郎は顔を戻して、吉蔵の顔を見た。

「それはおれも考えていることだ。……しかし、他に捜す手がかりがなければ、あのあたりを見廻るしかないということか……」

口でいうのは簡単だが、かなり広範囲の探索行だ。

「囚獄は何か手を打ってくれるのか」

「旦那《だんな》をあてにされているだけです。旦那だったら、きっとできるだろうと……」

吉蔵は蝦蟇《がま》のような目をまばたきさせてから、言葉を継いだ。

「何かいい知恵はありませんか？」

それはこっちが聞きたいことだと、音次郎はいいたいが、あながち何も考えがないわけではなかった。

「時右衛門はもとは独りばたらきの盗賊で、昔は時雨《しぐれ》の勝蔵と名乗っていたそうだ。つまり、足を洗って時右衛門と名を変えている。そうであれば、その名を使ってどこかに住まっているはずだ」

吉蔵の目がきらっと光った。

「さすが旦那です。その手がありました。長屋住まいなら、家主をあたっていけば、いずれわかるはずです」

「だが、どこの町に住んでいるか、その見当がつかぬ」

「まずは丸屋の近くの町屋と、浄閑寺そばの町屋からあたればいいでしょう」

「おれにそんな聞き込みをさせてもかまわぬのか」

吉蔵は鼻の前で手を振った。

「旦那は見廻りで結構です。その辺のことはあっしにまかせてください」

「頼めるか」

「もちろんでございます」

「それから例のことだが、囚獄は何かいっていないか……」

このことを聞くたびに、最近はむなしくなる。

案の定、吉蔵は申し訳ないという顔をした。

「旦那が殺された御新造《ごしんぞ》さんとご長男を、どれだけ思っておられるかはよくわかっております。囚獄もそのことには胸を痛められておられるご様子」

「何もないのだな」

音次郎は落胆のため息をついて、ぬるくなった茶を含んだ。

「旦那、囚獄もあっしもあきらめているわけじゃないんです」

音次郎は吉蔵の顔をじっと見た。

吉蔵も見返してくる。その目はいつになく親身であった。

「……おれもあきらめはしない」

そういうと、吉蔵がふっと息を吐いて、言葉を足した。

「お疲れでしょうから探索は明日からということで、今日はゆっくり休んでください」

「ずいぶんな思いやりだが、それでよいのか?」

「もう日が暮れます。これから見廻りに出ても、たいした成果は上がらないでしょう」

「それじゃ言葉に甘えることにいたそう」

しばらくして二人は店を出た。

夕日を浴びた町屋はどこか黄色っぽく見えた。

「旦那……」

しばらく行ったところで吉蔵が声をかけた。

「庄五郎は旦那を恨んでいるかもしれません。向こうから旦那に近づいてくれば、めっけもんですが、気をつけてください」

「会うとしたら偶然だろう」

「……そうかもしれません。それじゃあっしは、これから手配りをします」

音次郎は去ってゆく吉蔵を黙って見送り、編笠を被《かぶ》り直して家路についた。松井《まつい》町河岸《ちょうがし》に来ると、夕日に染められた竪川をゆっくり下ってゆく舟があった。

二

そのころ、庄五郎らは雑木林のなかに身をひそめていた。そこからは垣根越しに音次郎の家を見ることができた。さっきからひとりの女が庭と縁側を往き来し、洗濯物を取り込んでいた。もちろん、これはきぬである。

「女しかいねえようだが、ほんとに編笠の音次郎はここにいるのか？」

庄五郎は笹の葉をちぎって口にくわえ、彦蔵を見た。

「……いるはずだ。この家に戻ってきたら、浴衣《ゆかた》に着替えてくつろいでいたから」

「だが、いねえじゃねえか」

「出かけているんだろう」

「戻ってこなかったら無駄になる」

「お頭《かしら》、あの女にしゃべらせりゃいいじゃねえですか」

いったのは鼠《ねずみ》の勇吉だった。

「そう考えていたところだ」

庄五郎はくわえていた笹の葉を、ぷっと、吹いて、洗濯物を取り込むきぬを凝視した。

「……のんびりしたことはやってられねえ。あの女に話を聞こうじゃねえか」

庄五郎は腰をあげて竹林を抜け、生け垣をまわりこんだ。あとから彦蔵、勇吉、おまさの順でついてくる。

庭の入口に立つと、庄五郎は首の骨を鳴らして、空を仰いだ。

柿色《かきいろ》に染まった雲が浮かんでいた。それから視線を家に向けた。

縁側で洗濯物をたたみ終わったきぬが気配に気づき、顔をこわばらせた。

庄五郎は、片頬《かたほお》をゆるめて庭に入った。

「……どちらのお方でしょうか？」

きぬは両手で胸をかき抱くように身を固めて口を開いた。

「つかぬことを訊《たず》ねるが、ここに編笠の音次郎って野郎がいないか？」

きぬの口が、はっと驚いたように小さく開いた。

いると、庄五郎は直感した。

「いるんだな」

「……い、いえ……」

「嘘《うそ》をいっちゃいけねえよ」

きぬは後ろ手をついて逃げようとしたが、庄五郎は身軽に地を蹴《け》って縁側にあがるなり、きぬの腕をつかんだ。

「やつはどこへ行った？」

きぬは臆《おく》病《びょう》そうに目を動かしたが、気丈にも、

「何をするんです。そんな人はいません」

と、開き直ったようにいった。怯《おび》えそうになっていた顔も、きりっと引き締めた。

庄五郎はきぬの細い顎《あご》を強くつかんだ。魅力的な唇がわずかに開き、白い歯がのぞいた。

「いい女じゃねえか。……それに若い。やつはここに住んでいるんだな」

庄五郎は座敷の壁に掛けられている着物を見て確信した。音次郎が着ていた着流しだったのだ。

裏の林で鴉《からす》の鳴き声がした。

「い、いったい、何の用です？」

「やつはいつ戻ってくる？」

　庄五郎は答えずに聞き返した。

　顎をつかまれているきぬは怯えながらも、強い目でにらんでくる。「いえ」と、顎をつかむ手に力を入れたが、

「見も知らぬ人に答えることはありません」

　と、きぬは強情だ。

「可愛くねえ女だ。おまさ！」

　呼ばれたおまさが、縁側からあがってきた。

「その辺にある紐《ひも》を持ってこい。こいつを人質にする」

　きぬが抗《あらが》ったので、庄五郎は鳩尾《みぞおち》に拳をたたき込んだ。

「うっ」

　きぬは小さくうめいて横に倒れた。

　庄五郎はおまさが持ってきた紐で、きぬの両手を後ろにまわしてきつく縛り、猿ぐつわを噛《か》ませ、奥の座敷に引きずり込んだ。

「おまさ、おまえはこいつを見張れ。いざとなったらこの女を盾にする」

「わかったよ」

おまさは懐から短刀を取りだした。

それから庄五郎は家のなかを見てまわった。土間の壁に掛けてある深編笠にも見覚えがあった。それにしてもいくつもある。編笠の音次郎とは、よくいったものだと思った。

「やつはそのうち戻ってくるだろう。おれと勇吉はここでのんびり待つことにする。彦蔵、おまえは、適当なところに身を隠してやつが庭に入ってきたら弓を使うんだ」

「わかった」

「外すんじゃねえぞ」

「まかせておけ」

「ちょっと待て」

庄五郎はすぐに声をかけた。彦蔵が振り返る。

「一矢で仕留めることはねえ。殺さねえようにしろ」

「……どういうことだ？」

「やつには聞きたいことがある。とどめはおれが刺す」

「……いいだろう」

彦蔵が戸口を出て行くと、庄五郎は居間に移った。冬場は炉が切られるようだが、今は板で塞《ふさ》がれていた。奥が寝間のようだ。その辺のものをあさって、音次郎がいったい何ものであるか探ったが、身を証すようなものは何も出てこなかった。

開け放した障子の向こうに見える空が、ようよう暮れかけている。

「勇吉、表でやつの帰りを見張るんだ」

「へい」

返事をした勇吉が庭を出ていった。

庄五郎は長脇差しをそばに置き、襷《たすき》をかけ、草鞋《わらじ》の紐をきつく結び直した。そのとき、出ていったばかりの勇吉が駆け戻ってきて、声をひそめた。

「お頭、やつが戻ってきます」

「おまえはおれといるんだ」

庄五郎は奥座敷にいるおまさを見た。

「ぬかるんじゃねえぞ」

「わかってるよ」

おまさは気を取り戻したきぬの首に腕をまわした。縛られて身動きの取れないきぬが、きつい目で庄五郎をにらんできた。

三

もう日が暮れる。沈もうとする太陽が、音次郎の深編笠をあぶっていた。

亀戸天神旅所の先の路地を左に折れ、町屋を抜けると、もうきぬの待つ家までさほどもない。町屋を過ぎると、人の姿も途絶える。

音次郎は顎の紐をゆるめて、深編笠を左手に持った。今宵もきぬと水入らずで過ごせると思えば、なぜか楽しく、そして心が安らいでくる。

家に向かう小道の畦《あぜ》には、あたかも内心の気持ちを表すように、野の花がほころんでいた。近くの雑木林で夕暮れを惜しむように鳥たちが鳴き騒いでいた。

垣根越しに庭を見たが、きぬの姿はなかった。音次郎はそのまま庭に足を踏み入れたが、家の様子がいつもと違うと感じた。一度立ち止まってあたりを見まわし、それから戸口に足を向けた。

と、庭の隅で何かが動く気配があった。さっと、そっちに顔を振り向けたとき、風切り音がした。つづいて、自分めがけて飛んでくる矢を見た。

音次郎は手にした編笠をそっちに投げ飛ばすと、横に動いて抜刀した。飛んできた矢は編笠に突き刺さり、地面に落ちたが、第二の矢が放たれるのがわかった。

かわそうとしたが、傾いた太陽の光が、一瞬、音次郎の目を射った。直後、放たれた矢が鈍い音を立て、左脇腹に突き刺さった。

「うっ」

音次郎は思わず、片膝《かたひざ》をつき、脇腹を見た。鋭い痛みに顔をしかめたが、矢は深く刺さっていなかった。柄をつかんで引き抜くと、弓を引き絞って狙《ねら》いを定めている男が庭に現れた。大井ヶ原で要蔵を殺した男だ。百助がいった彦蔵に違いない。

音次郎は片膝をついたまま、息を詰め、用心深く近づいてくる彦蔵をにらんだ。

「動くな」

彦蔵はそういってさらに間合いを詰めてきた。もう四間ぐらいしかない。彦蔵は間違っても的を外さないだろう。

音次郎は抜いた矢を左手に持ったまま、彦蔵をにらみやった。そのとき、戸口から出てきた二つの影があった。くわっと、音次郎は目を剝《む》いた。

庄五郎と鼠の勇吉だった。

「編笠の音次郎、よくもおれを出し抜きやがったな」

「出し抜いたのではない。利用しただけだ」

「なにを……」

庄五郎が目を吊り上げた。

「刀を放せ。こっちには女の人質があるんだ」

音次郎は、はっとなった。

「ふふっ、観念するんだな。おまさッ！」

庄五郎がわめくと、後ろ手に縛られ、猿ぐつわを噛ませられているきぬを、おまさが縁側に連れ出してきた。きぬの目が必死に救いを求めている。

「音次郎、刀を放せといってるんだ」

音次郎は仕方なく、右手から刀をこぼした。脇腹のあたりが血で濡《ぬ》れはじめていた。

彦蔵は弓を引き絞ったまままさらに間合いを詰めた。

音次郎はまったくの窮地に立たされていた。

「どうしようというのだ？」

彦蔵と庄五郎を交互に見ていった。庄五郎の手には抜き身の刀がある。同じく、長脇差しを手にした勇吉が背後に回り込もうとしていた。

「てめえはいったい何もんだ？　町方の手先か？　それとも火盗改めの人間か？」

「…………」

音次郎は片膝立ちのまま、庄五郎を見、彦蔵を見た。勇吉が後ろに立っていた。そっちもちらりと見た。

「え、どうなんだ？」

庄五郎が聞きながら間合いを詰めてくる。

手にした刀の切っ先が、音次郎に向けられる。

音次郎は左手に持った矢をじわりと握りしめた。それから矢を射ようとしている彦蔵を見た。下手《へた》に動けば、彦蔵は指を放すだろう。その瞬間、逃げられるという保証はない。しかも自分は脇腹に傷を負っている。うまく動けるかどうかわからなかった。

「おれをどうしようというのだ？」

「ふん、てめえが町方の犬だろうが、そうでなかろうが死んでもらうまでだ。その前に、おめえが何ものなのかを知りてえ。もうひとり連れがいるそうだが、そいつもおめえと同じようなやつか？」

庄五郎は一瞬も目を離さない。矢を射ようとする彦蔵はさらに間合いを詰めている。

「どうなんだ。え？」

庄五郎がそういった瞬間だった。

音次郎は右に倒れ込むように動き、腰を軸にして地面をまわりながら左手の矢を、背後にいた勇吉の太股《ふともも》に突き刺した。

「いてえッ！」

勇吉が悲鳴をあげたとき、彦蔵が矢を放った。目標が動いたので、矢の方向も変わった。放たれた矢は、太股に刺さった矢を抜こうと、腰を折った勇吉の後ろ首に刺さった。

「あっ」

勇吉はそのまま横に倒れた。

転瞬、音次郎は脇差しを抜いて彦蔵に投げつけた。脇差しは、新しい矢を弓につがえようとしていた彦蔵の胸に突き刺さった。

「うぐっ」

彦蔵は前に倒れ、土埃《つちぼこり》を舞いあがらせた。

そのとき、庄五郎が鋭い斬撃《ざんげき》を送り込んできた。音次郎は脇腹の痛みに耐えながら、前に転ぶように飛び、自分の刀をつかみ取り振り返った。

風切り音を立てる庄五郎の刀が、猛然と襲いかかってきた。音次郎は刀の棟《むね》でがっちり受け止め、庄五郎の腹を蹴った。

尻餅《しりもち》をついた庄五郎と、音次郎が立ちあがるのはほぼ同時だった。音次郎は右手に持った刀をだらりと、地面に下げた。

庄五郎は色白の顔を紅潮させ、青眼に構えたが、腰が引けている。

「おまさッ。その女を連れてくるんだ。音次郎、おれにかかってきたら、おまさが女を殺す」

音次郎はおまさに引きずられるようにして連れてこられるきぬを見た。きぬは自分にかまうなというように、首を振った。脇腹には、おまさの短刀が突きつけられていた。

「女の命が惜しかったら、刀を捨てな」

庄五郎は一歩下がりながらいう。

「こんな愚かなことをして何になる？」

「何だと！」

「愚かだからだ。愚かすぎるよ、庄五郎」

「ふざけたことをいうんじゃねえ！」

庄五郎は目を吊りあげて、つばきを飛ばした。

音次郎が右手を素早く上に振りあげたのはそのときだった。同時に刀の柄《つか》から手を離した。手を離れた刀は、きぬの左側にいたおまさめがけて飛んでゆき、その腹に突き刺さった。ぶうんと、刀が上下に揺れ、おまさは信じられないように目を見開いた。

手ぶらになった音次郎めがけ、庄五郎が撃ち込んできた。刀は上段から振り下ろされるが、音次郎は素早くその内懐に飛び込み、左手で庄五郎の右手首をつかみ、さらに右肘《みぎひじ》を左脇に打ちつけて投げ飛ばした。

庄五郎は宙を一回転して、どうと大地に倒れた。すかさず音次郎はその胸に馬乗りになり、庄五郎の脇差しを抜き取って首にあてがった。

一瞬にして庄五郎の全身が凍りついたように固まった。

「……いっただろう。愚かすぎると」

庄五郎はくっと、口を引き結んでにらみあげてくる。その瞳に、暮れようとする空が映り込んでいた。

「おまえは知っているな」

「……何をだ？」

「要蔵とつながっていた火盗改めの人間をだ。その男のことを、おそらくおまえも知っているはずだ。そして、そこに倒れている彦蔵も……違うか……」

「そんなことを知ってどうする？」

「知りたいだけだ」

「教えりゃ、殺さねえか……」

一瞬考えた音次郎のそばを、一羽の燕が飛んでいった。

「この期に及んで命が惜しいというか……。よかろう。教えるのだ」

「殺さねえと、約束するな」

音次郎はじっと庄五郎を見下ろした。

「……貴様に恨みはない。いうんだ」

庄五郎は喉《のど》を動かしてつばを呑み込んだ。

「……清水」

「清水、何だ？」

「清水精三郎《せいざぶろう》という与力だ。捕り物の動きを教えてもらう代わりに、分け前をやることになっている」

「付き合いは長いのか？」

「もう四、五年にはなるだろう」

「互いに甘い汁を吸ったわけだ」

「教えたんだ。どいてくれねえか」

「ならぬ」

音次郎はいうと同時に、庄五郎の首にあてていた脇差しに力を込めた。胸の内で、命を助けるという約束はしなかったと、自分にいい聞かせた。

「ぐっ……」

庄五郎は目を剝いて、短く声を漏らした。それが最期だった。首から漏れ出る血潮が、残光を照り返していた。

「きぬ」

庄五郎から離れた音次郎は、すぐにきぬの縛《いまし》めをほどき、猿ぐつわを外してやった。

「旦那さん」

自由になったきぬが音次郎にしがみついてきた。

「もう大丈夫だ。心配はいらぬ」

「もっと強く、抱きしめてください」

音次郎はそうしてやった。きぬは瘧《おこり》にかかったように震えていた。

四

静かな朝を迎えた。

裏の雑木林で鳥たちがさかんにさえずっていた。開け放した縁側の向こうにはすがすがしい空が広がっており、家のなかに心地よい風が流れていた。

「気分はどうだ……」

音次郎は台所で朝餉《あさげ》の支度をしているきぬに声をかけた。予期せぬ恐怖を味わい、そのうえ目の前で殺し合いを見たきぬは、一晩中、音次郎の胸のなかで臆病な子犬のように震えていた。

きぬがゆっくり振り返った。

「もう大丈夫ですよ。旦那さん」

その表情は意外にも明るかった。みそ汁の鍋《なべ》から立ち昇る湯気が、その顔を包んだ。音次郎はほろ苦い微笑を浮かべて、

「迂闊《うかつ》なことだった。怖い思いをさせて悪かった」

そういって目を伏せた。

「いいえ、旦那さんが謝《あやま》ることなんかありませんよ。旦那さんは何も悪いことはしていないのだから……」

「そうか……」

きぬが炊きたての飯とみそ汁を運んできた。おかずは沢庵《たくあん》にめざし。質素であるが、

それで十分だった。

「それにしてもやつら、どうやってここを……」

音次郎は箸《はし》を使いながら独り言のようにつぶやいた。

「何でも隠れ家から旦那さんを尾《つ》けて来たといっておりました。いっしょにいたもうひとりの男のことがよくわからないから、旦那さんを殺す前にその男のことを聞きださなければならないと……。男というのは多分、吉蔵さんのことでしょうけど……」

「なるほど、そうだったか……」

音次郎は大井ヶ原から浄閑寺そばの隠れ家に行ったときのことを思いだした。尾行にはまったく気づかなかった。

「きぬ、おまえもあがりなさい」

「はい」

二人はいっしょに朝餉を食べた。こうやって静かに食事をし、きぬと二人だけでいると心が穏やかになった。二人はときどき、どちらからともなく目をあわせ、照れたように微笑《ほほえ》んだ。

「……不思議なものだ」

「何がです?」

きぬが目をしばたたいて見てくる。

「わからぬ。……おまえといると、なぜか安心するのだ」

本心だった。

「それは……きぬも同じです」

そう応じて、顔をうつむけたきぬの頬《ほお》が赤くなった。

それから思い出したように顔をあげ、

「あの、旦那さん。今度のお役目が終わったら釣りに連れて行ってもらえませんか」

と、遠慮がちにいった。

「釣り……よいとも。大きな魚を釣りあげよう」

「きぬも頑張って大物をあげます」

きぬははしゃいだようにいって微笑んだ。音次郎も笑みを返した。

吉蔵がやってきたのは、食後の茶を飲んでいるときだった。

音次郎は風通しのよい縁側に移って、昨夜のことを端的に話した。

「それにしても向こうから飛び込んでくるとは……」

「尾けられたのは落ち度だ」

音次郎はいってから唇を嚙んだ。

「そういうこともありましょう。それに、無用な手間が省けたのですから……」

「まあ、そうではあろうが……それでいかがする？」

「囚獄に会ってきます。清水精三郎という男のことがわかったのですから、また新たな沙汰《さた》が下りると思いますが……」

「待っておればよいか」

「そうしてください。あとで使いのものを三人ほど寄こしますが、何もいわなくてもよいです。黙って仕事を片づけていくように段取りをつけておきます」

「そのものたちのことをおれは知らぬが、どうやって見分ける？」

「来ればそれとなくわかるはずです。ひとりは伊助《いすけ》という男です。気になったら、伊助かどうか訊ねてください」

「承知した」

吉蔵はすぐに家を出て行った。

音次郎は刀の手入れをしたり、脇腹の傷の手当てをした。傷はさいわい浅かったが、それでもちょっとした拍子に鈍い痛みが走ることがあった。

昼前に吉蔵のいった伊助という男がやってきた。

のそりと庭先に顔を出し、

「吉蔵さんの使いです」

と、短くいった。うしろに大八車を曳《ひ》いた二人の男がついていたが、三人ともそこはかとなく暗い目をしていた。古びた紺股引《こんももひ》きに裸足である。

「伊助だな」

「あっしが……」

伊助は卑屈そうな目を伏せた。

「案内する」

そういった音次郎は、きぬに下がっているように目顔でいい聞かせて、近くの雑木林に伊助たちを案内した。庄五郎たちの死体を置いていたのだ。

伊助たちは無駄口を一切たたかず、たんたんと仕事をこなし、大八車に死体を載せると、そのまま何もなかったような顔でどこへともなく去っていった。

牢屋敷《ろうやしき》には不浄の仕事を専属でするものたちがいた。さっきの三人はおそらくそんな男たちだったのだろう。音次郎はそう思っただけで、深く推量はしなかった。

吉蔵が再びやってきたのは、空が曇りはじめた昼下がりだった。

「今夜、囚獄が会いたいということです」

「どこへ行けばよい？」

「先日、行きました例の店です。時刻は暮れ六つ（午後六時）ということです」

「承知した」

五

吉蔵が伝えたのは、一ツ目之橋に近い南本所元町にある真砂亭という料理屋であった。音次郎はこれで二度目の来店になるが、これから囚獄・石出《いしで》帯刀《たてわき》に会うと思えば、いつにない緊張を覚えずにはいられない。


帯刀はすでに到着しており、奥の小座敷で待っていた。

「よくぞまいった。これへ来て、楽にいたせ」

平伏する音次郎に、帯刀は気楽な声をかけてくる。

音次郎はわずかに顔をあげて、膝行《しっこう》した。

「大儀であったな。吉蔵よりあらましは聞いておる。さ、その前に渇いている喉を湿らせようではないか」

「恐縮でございます」

音次郎は酌を受けて、酒を含んだ。

膳部には大根の胡麻《ごま》和《あ》え、若鮎《わかあゆ》の塩焼き、牛蒡《ごぼう》と鱚《きす》の揚げ物などが載っていた。

「……一味は壊滅したと思ってもよいのだな」

「は、雷《いかずち》の要蔵も鐙《あぶみ》坂《ざか》の庄五郎も今はおりません。残党も数えるほどでしょう」

「うむ。よくぞでかした。して、庄五郎が口にしたという火盗改め方の与力・清水精三郎であるが、賊につながっていたというのはまことだな」

「庄五郎ははっきりとそう申しました。疑いの余地はないものと思われまする」

「そうであるか。なるほど……」

しばし、視線を宙の一点に据えた帯刀の顔に、燭台《しょくだい》の炎が照り返った。

「じつは加役《かやく》の長谷川殿にひそかに会ってきたところなのだ」

帯刀は視線を戻してそういった。

加役とは火付盗賊改め方の長官《かしら》のことを指す。これは御先手組《おさきてぐみ》の本役がある傍ら、火付盗賊改め方を兼務するからで、また「火付盗賊改め方」と長たらしく呼ぶのは面倒なので、縮めて「加役」と呼ぶことが多かった。それはともかく、帯刀は話をつづけた。

「清水精三郎は、捕り方の与力で配下の同心をよく束ねており、評判も上々なのだぞうだ。それゆえに、長谷川殿は頭を痛めておられた。わしは、内々に処分をしたらいかがだろうかと進言したのだが、長谷川殿は痛く呻吟《しんぎん》されてな……」

帯刀は酒を口に含んだ。音次郎は静かにつぎの言葉を待った。

「じつは清水には三人の子があり、そのうちのひとりがひどい長患いにかかっているそうなのだ。その費《つい》えがままならず、魔が差した挙げ句に深みにはまったのだろうと、長谷川殿は申されていた。それに清水は務めもよく果たし、配下のものたちへの気配りも行き届き、さらに指導もそつがないという。まことに惜しい男だ。だからといって見過ごすわけにもまいらぬ」

「人望のある男なのですね」

「いかにもそのようだ。そんな男がなぜ賊との縁を断ち切れなかったのか、そのことが不思議である。そのほう、どう考える」

帯刀の怜悧《れいり》な目が、音次郎に向けられた。

「賊とどのようにつながったのか、今となってはわかりませんが、他人のものを非道な手段でものにする輩《やから》たちにとって、清水はいわば彼らの命綱みたいなものだったのでしょう。また、一度賊と手を結んだ以上、簡単に抜けられなかったのだと思われます」

「ふむ」

「もし、賊を裏切れば、自ずと清水のことが明るみに出るのは必定《ひつじょう》。そうなっては自分の身を庇《かば》うことができません。ゆえに、賊とのつながりを絶てなかったのではないかと思われます。無論、これは清水精三郎を訊問《じんもん》すれば明白になることではありましょうが……」

「いかにもそうであろう。だが、清水への訊問はできぬと、長谷川殿は申される」

「何故に……」

「訊問は清水の失態を公にすることになる。そうなれば火盗改め内の士気に差し響くであろうし、同時に火盗改めの信用を落とすことになりかねない。さらには身内のものたちの落胆も激しかろう。できうれば……」

帯刀は言葉を切った。

その部屋にしんとした静けさが訪れた。

どこか遠くで、三味線の音がしていた。

「長谷川殿はひそかに腹を切らせることも考えたそうだ。だが、そうなったとき、何故に腹を切ったかと、穿鑿《せんさく》されかねない。それが呼び水になっていらぬ噂《うわさ》が立ち、また真相が明らかになるかもしれぬ。それではうまくない」

「さすれば……」

音次郎にはもうわかっていた。だが、聞かずにはいられなかった。帯刀は目に力を込め、口を引き結んでうなずいた。

「誰とも知れぬ凶賊の闇討《やみう》ちにあったように見せかけるのが、最善ではないかと、さような長谷川殿の相談である。こうしておぬしと相対しているからには、もうその先のことはいうまでもなかろう」

燭台の芯がジジッと短く鳴った。

音次郎は少しの間を置いて答えた。

「……心得ましてござりまする」

「佐久間」

「はッ」

「清水は賊どもを召し捕るために、数多《あまた》の修羅場をくぐり抜けてきた取締方の手練《てだ》れだ。それに、無外流の達人だという。心してかかれ」

「承知いたしました」

「問答無用に斬《き》り捨てよ」

音次郎は無言のまま帯刀を見つめた。

「あとのことは吉蔵に申しつけておく」

六

その夜、浜西晋一郎が阿部道場を出るのは遅かった。門下生の道具の手入れと、道場掃除の当番だったからである。

浅草猿屋町の道場を出た晋一郎は、新堀川沿いの道を辿《たど》って家路についていた。このあたりは寺と与力や同心の組屋敷が多く、夜道は暗い。

町屋もありはするが、それもほとんどが門前町であり、料理屋や飲み屋も数が知れているので、提灯《ちょうちん》や行灯《あんどん》の明かりも少なかった。

しかし、晋一郎には通いなれた道であり、多少暗くても夜目が利いた。

人の声を聞いて足を止めたのは、竜宝寺の裏道に差しかかったときだった。提灯を下げた男を、与太者らしき二人組が脅していたのだ。

「野郎、さっさと出せといってるんだ」

「どうか、ご勘弁を。これがないと困るんでございますよ」

職人風の男は恐怖に顔を引きつらせ、懐の財布を渡すまいと必死に胸を押さえている。「いいから寄こしやがれ」

与太者のひとりが、男の肩をつかみ懐の財布を奪い取ろうとした。いやがる男は提灯を持ったまま、地面に倒れた。

「卑怯《ひきょう》ではありませぬか！」

晋一郎の声に、二人の与太者が振り返った。

「なんだガキか。大人の話し合いに口出しするんじゃねえ」

「話し合いには見えませぬ。その人の財布を盗もうとしている泥棒ではありませんか」

「なんだと……」

ひとりが晋一郎に近づいてきて、胸ぐらをつかんだ。

「生意気なガキだ」

「乱暴はおやめください」

「何が乱暴だ。とっとと帰りやがれ、このくそガキめ」

胸を突かれ、後ろによろめいた晋一郎は、目を険しくした。

「大人だからとて許さないぞッ」

晋一郎は脇差しの柄に手を添えた。大刀は差していない。

「ほう、それならやるか。その腰のものを抜いてかかって来やがれ」

「お逃げください。このものたちはわたしが相手いたします」

　そういってやると、尻餅をついていた男は、短い悲鳴を発して逃げ去った。二人の与太者はもはや男には興味を示さず、晋一郎に迫ってきた。

「どうした、かかってこれねえか。こっちは光ものなしの無腰だ。抜いてかかってきたらどうだ」

「わたしは卑怯はせぬッ！」

　晋一郎はそういうなり、ひとりの男に組みついていった。あっさり投げ飛ばされた。立ちあがろうとしたところを蹴られ。また倒れた。男たちは腹や腰を何度も蹴ってきた。

　反撃の余裕はなく、晋一郎は海老《えび》のように地面にうずくまり、男たちの罵《のの》りを浴びながら蹴られる一方だった。

　やがて、男たちは子供相手の乱暴にあきたらしく、ペッとつばを吐いてどこへともなく去っていった。鼻血を出し、手や膝をすりむいた晋一郎は、唇を噛んで二人の男を見送るしかなかった。

「何ですか、その傷は？」

　帰宅するなり、晋一郎の顔に気づいた弓が駆け寄ってきた。

「まあ、着物もこんなに汚して……喧嘩《けんか》なんかするもんじゃありません」

「喧嘩じゃない」

キッとした目をして、晋一郎はさっきのことを簡単に話した。

「それじゃ人助けをしたんだね。でも、無茶をしてはいけませんよ」

「母上、この借りは必ず返してみせます。黙って引っ込んではいられません」

強がりをいうと、弓が表情を引き締めてにらんできた。

「晋一郎、そんな考えはおやめなさい。あなたは自分を犠牲にして人助けをしたのです。それは立派なことです。仕返しなどしたら、またやられてしまうのが落ち。それに、その男たちと同じ低俗な人間になってしまいます」

「それじゃ黙っていろというのですか？」

「仕返しをして何のためになります？　もし、仕返しができたとしても、いやな思いをするだけではありませんか。人は耐えることも大切なのです。わかりましたね」

「…………」

弓は首を振りながら台所に行って、

「夕餉を調えるから着替えておいでなさい」

といった。

晋一郎は動かなかった。黙って母の後ろ姿を見て、

「同じようなことをいわれた」

と、つぶやいた。

弓が振り返った。

「白木という町方のお役人に、他人が自分に対してひどい仕打ちをしても、仕返しをしてはならない。仕返しをしても、かえってむなしさが増すばかりで、ためにならないと教えられました」

「その人のおっしゃったことは正しいと思います」

「では、父上のことはどうするのです？　父の恨みは晴らさなくてもよいのですか？」

弓の目が迷うように動いた。

「それは……」

「お祖父《じい》さんは、佐久間は必ず生きている。生きているなら敵《かたき》を討たなければならないといっているではありませんか」

「それとこれは……」

「同じではありませんか。母上も父の恨みを忘れてはならないと、わたしに申したは

ずです」

「でも、佐久間は生きているかどうかわからないではありませんか」

「母上、無駄でもよいのです。お祖父さんが生きていると信じ、そして本当に生きているのなら、わたしは父上の敵を、武士の子として討つべきだと思います」

「おまえって子は……」

弓は左右に首を振って、早く着替えてこいと言葉を足した。

晋一郎は、奥の座敷に行って着替えにかかったが、

「強くなりたい。強くなりたい」

と、胸の内で熱い闘志を沸き立たせていた。

七

雲が出てきたが、はるか彼方でまたたく星たちは輝きを失ってはいなかった。さっきから乾いた風が吹きはじめ、音次郎の鬢《びん》のほつれが揺れていた。

音次郎が待つのは、尾張家上屋敷前にある比丘尼坂下《びくにざかした》の火除地《ひよけち》であった。空き地であるから、付近に人の姿はなく、低い木立がところどころに散見されるだけであった。

吉蔵の調べによれば、清水精三郎は清水門外にある火盗改めの役宅を出ると、九段坂を登り、三番町の武家地から市ヶ谷御門を抜け、今、音次郎の待ち受ける火除地前の道を通って、四谷坂下の組屋敷に戻るのが常だそうだ。

途中寄り道することも少ないというから、今夜もまっすぐ帰宅するはずであった。吉蔵は清水が役宅を出たのを確認後、こちらに先回りしてくる手筈《てはず》になっている。目の前には広大な尾張家の塀がつづいている。すぐそばにある東円寺の時の鐘が、六つ半（午後七時）を知らせて間もない。

夜空に浮かぶ雲がゆっくり風に流されていた。

音次郎はすでに袴《はかま》の股立《ももだ》ちを取っていた。愛刀・左近国綱《さこんくにつな》の柄を握り、しっかり打ち込まれた目釘《めくぎ》を、親指でたしかめた。

市ヶ谷御門のほうから足早にやってくるひとつの影があった。音次郎は木立の陰に身を寄せ、その影をじっと見た。

歩き方とそのがっしりした体躯《たいく》を見て吉蔵だとわかる。

「こっちだ」

声をかけると、吉蔵の顔が動いて、駆け寄ってきた。

「間もなくやってきます」

　町奉行所の与力は、箱持ちや小者を連れて歩くが、火付盗賊改め方の与力はめったに供を従えない。そのなりも着流しに大小といった、いたって楽な恰好《かっこう》である。

　音次郎は清水が現れるであろう道に目を注ぎながら襷をかけた。実戦の場数は清水のほうが上回っているだろう。それに、無外流の達人だともいう。これまでにない、気の抜けない相手だ。下手をすれば、逆に倒されるかもしれない。しかも、音次郎の脇腹には癒えはじめているとはいえ傷があった。

　比丘尼坂から強い風が吹き下ろしてきたとき、

「来ました」

　と、吉蔵がささやくようにいった。

　男の顔が提げた提灯の明かりに見えた。

　音次郎はしばらく待って、

「間違いないか？」

　と、吉蔵に訊ねた。

「……間違いありません」

「供は？」

「おりません」

「下がっていろ」

音次郎はゆっくり歩を進め、火除地を出て通りに立った。清水精三郎は足をゆるめずまっすぐ進んでくる。通りには人気がなかった。

清水の足が止まった。音次郎の禍々しい眼光とその異様な殺気に気づいたらしく、

「何ものだ？」

と、提灯をかざした。

「清水精三郎殿だな？」

音次郎は答えずに問い返した。

「……いかにも、そのほうは？」

音次郎はこれにも答えず、

「天命により貴殿を成敗いたす」

さらりと刀を抜いた。

清水もざっと、雪駄のすり音を立てて足を引き、提灯を足許に置いた。

音次郎は青眼の構えで間合いを詰めた。半寸、また半寸と、足の指で地面を掻《か》きながら進む。

「狼藉《ろうぜき》は許さぬ。火付盗賊改め方の清水と知ってのことか？」

清水が刀の柄に手をかけて聞く。

「……いかにも」

「何故の狼藉だ。わけを申せ」

「お手前の胸に聞けば、覚えがござろう」

「なに……」

清水の片眉《かたまゆ》があがり、柄にかけた指が鯉口を切った。

「おぬしの一存か？　名を名乗れ」

音次郎はじりっと、間合いを詰めた。互いの距離は二間を切っていた。

「名乗らぬかッ！」

「……冥府《めいふ》より遣《つか》わされしもの」

音次郎はそういうなり、初太刀を撃ち込んだ。

電光の斬撃《ざんげき》であったが、清水は鋭く抜刀して弾き返した。素早く刀を引いた音次郎は、脇構えになって右に回り込んだ。

清水がその動きを止めようと、刀を横薙《よこな》ぎに振ってきた。半身をひねってかわしたとき、脇腹の傷に鋭い痛みが生じた。音次郎は思わず顔をしかめ、左脇を絞った。じわりと額に脂汗が浮かぶ。

清水は隙《すき》を窺《うかが》いつつ歩を進めてくる。音次郎はわずかに後退した。できる。予想以上にできる男だった。それに隙がない。

牽制《けんせい》の突きを送ってみたが、清水は動じなかったばかりか、すかさず反撃してくる。袈裟《けさ》懸《が》けに振り下ろした刀を逆袈裟に振り戻したのだ。

音次郎の頬をその斬撃によって生じる風がかすめていった。一歩下がって、音次郎は気取られぬように呼吸を整えた。傷の痛みが薄れている。

「来いッ」

声に出さず、胸の内でつぶやき、捨て身の撃ち込みをやるしかないと腹をくくった。

つつっと、清水が間を詰めてきた。詰めてくるなり、流れるような早技で上段から刀を打ち下ろしてきた。

その瞬間だった。

音次郎は相手の間合い深くに飛び込み、刀を横に振り抜いた。

肉をたたく鈍い音がした。

転瞬、振った刀を戻しながら袈裟懸けに撃ち下ろした。必殺の一刀は、清水の左肩の付け根に撃ち込まれていた。清水はふらっとよろめいたが、右足で踏ん張って音次郎を上目遣いに見た。

「き、貴様は……」

清水は口をゆがめて声を漏らしたが、それ以上言葉はつづかず、前のめりに倒れて動かなくなった。

懐紙で刀にぬぐいをかけた音次郎は、ふっと息を吐き出して納刀した。

どこかで梟《ふくろう》が鳴いていた。ゆっくり顔をあげて空を見ると、叢雲《むらくも》に隠れていた痩《や》せた月が顔をのぞかせた。

吉蔵が駆け寄ってきた。

「お見事でした」

「……引きあげだ」

それだけをいって、音次郎は比丘尼坂下から足早に去っていった。

足を急がせる胸の内にむなしい風が吹いていた。避けられぬ役目ゆえに、心を鬼にして非情にならなければならないが、重苦しい感情に苛《さいな》まれるのはやむを得なかった。

「明日はゆっくりしてください」

ずいぶん遠くまできてから吉蔵がそういった。

「そうさせてもらえればありがたい」

「囚獄の密命もすぐには下りないでしょう」

「そうであることを願う」

「……それで、明日は何をされます？」

聞かれた音次郎は遠くの星に目を向けた。

「……のんびり釣りをしたい」

そうつぶやくと、瞼《まぶた》の裏に嬉しそうなきぬの顔が浮かんだ。

「釣りですか、いいですね」

「ああ」

音次郎と吉蔵は黙々と夜道を歩きつづけた。

本書は2007年8月徳間文庫として刊行されたものの新装版です。

徳間文庫

問答無用㈢

三巴《みつどもえ》の剣《けん》

〈新装版〉

2019年1月15日 初刷

著者 稲《いな》葉《ば》稔《みのる》

発行者 平野健一

発行所 株式会社徳間書店

東京都品川区上大崎三－一－一
目黒セントラルスクエア 〒141－8202

電話 編集〇三(五四〇三)四三四九
販売〇四九(二九三)五五二一

振替 〇〇一四〇－〇－四四三九二

印刷 大日本印刷株式会社
製本

ISBN978-4-19-894424-7 (乱丁、落丁本はお取りかえいたします)